AF417595

Detrás del mar

Detrás del mar

Agustina Lawson

Lawson, Agustina

Detrás del mar / Agustina Lawson. - 2a ed. - Ciudad Autónoma de Buenos Aires :
Amapola, 2019.

250 p. ; 22 x 15 cm.

ISBN 978-987-47465-2-8

1. Narrativa Argentina Contemporánea. I. Título.

CDD A863

© 2012, Agustina Lawson

Ilustraciones de tapa e interiores: gentileza de la artista Martha
Chica Salas
© Martha Chica Salas

Esta edición fue confeccionada por:
VERSAL HACEMOS LIBROS
versalhacemoslibros@gmail.com

Amapola Ediciones
Coordinación: Santos Tiscornia

ISBN: 978-987-47465-2-8

Primera edición: noviembre de 2012

Agradecimientos

La gestación de este libro fue posible gracias a un complejo entramado de almas sensibles. Mi gratitud hacia cada una de ellas:

Valentina Batrosse, mi hija.

Gloria Bass y Jorge Eckstein, los padrinos artísticos de esta novela.

Irene Lawson y Carlos Olguín, mis padrinos.

Sylvia Olguín, mi madre.

Pablo Braun, Laura Sereno y Sebastián Dozo Moreno. Los tres, a su manera, me ayudaron a parir esta historia.

Martha Chica Salas. Sus bellas mujeres desnudas ilustran la tapa y el interior de este libro.

Inés Fuseo, leal instrumento de Neptuno a través del cual recibí su título.

Alba Zuccoli de Cabobianco, madrina espiritual de *Reminiscencias* y autora de la reseña de esta segunda edición de *Detrás del mar*.

Santos Tiscornia, Contanza Monié y Carime Morales Salomón. Ellos me asistieron en esta reedición, y en la publicación de la trilogía.

Las familias Silva, Ponce, Young y Ortega. En ellos encontré el cálido útero adonde cobijarme a lo largo del camino.

Y por último la maravillosa red de apasionados lectores través de los cuales esta historia cobró vida, en sus corazones.

Para mi musa inspiradora, Lelé.

*Y para la mujer que habita escondida
dentro de los hombres de mi vida.
Magnético enigma.*

PRIMERA PARTE

Las raíces ocultas

1

BUENOS AIRES, 29 DE OCTUBRE DE 1966, 9:32 P.M.

"Él, despierto a su pesar, la reconoce al instante".

Ella tiene veintidós años, navega en un mar de incertidumbres y temores desde siempre. Sentada en una vieja cantina de San Telmo refriega sus dedos mientras observa en silencio al hombre a su lado. Un hombre oscuro e indiferente, a quien recientemente le ha entregado su virginidad y la paz. Lo desea con locura, con el tormento propio de los amores no correspondidos. Lo mira abstraída en sus pensamientos mientras él discute con otras dos parejas los detalles del viaje a Mar del Plata que piensan realizar este fin de semana. Mariana aún no lo sabe: que está a un paso de despertar, a metros de su destino.

Él tiene cuatro años, tal vez cinco. Está comiendo con su familia en la misma cantina, sumergido en un mar de tedio e incomprensión, sintiéndose invisible. Inasible para una madre que lo ama pero no lo comprende. Peligroso para un padre que no lo comprende, y le teme.

Cruzan sus miradas. Él, despierto a su pesar, la reconoce al instante. Con palpitaciones, alegría, anhelo acumulado durante siglos. Le sonríe tendiéndole una mano. Un frágil puente desafiando al mar, su pequeña mano extendida.

Ella le devuelve la sonrisa. No le gustan los niños, sin embargo este ha despertado su simpatía. Algo en su mirada (y la mano pequeñita tendida con la confianza de un hombre) le produce ternura, y una extraña inquietud. Le sonríe y vuelve su mirada hacia el hombre a su lado. Este exclama, mitad burlón mitad en serio: "Sos irresistible". Todos bromean, el admirador no supera los sesenta centímetros.

Pero el niño no cede. No cederá. Nada logrará detenerlo. Ni esta noche, ni en las próximas citas que proponga el destino. Las mesas que los rodean comienzan a callar. Gritos, llanto, Nicolás intenta correr hacia la joven que sorprendida se refugia en los brazos de su amante. Sus padres lo detienen.

—¡Dejá de molestar a la señora Nicolás! —exclama el padre.

—Disculpanos, no entendemos qué le pasa —se disculpa la madre. Una débil mueca, mezcla de timidez y de sorpresa, se dibuja en su rostro mientras forcejea con su hijo. El pequeño insiste desesperado. El padre interviene, pero ahora con violencia.

—Nicolás, ¡se terminó! Acabala porque te quedás sin postre, ¿me escuchás? ¡Y te vas en penitencia! —El niño calla unos segundos y mira al adulto desafiándolo.

Insiste.

Ahora son todas las mesas de la cantina las que callan sus voces para dirigir miradas inquisidoras hacia el niño y sus padres. El silencio toma la sala. Sólo se puede oír el llanto de la criatura y la respiración agitada de ella. Flota una certeza en el aire: lo que está pasando es extraordinario.

La madre del niño mira dentro de los ojos azules de esta mujer que ha despertado semejante arrebato en su hijo y siente por ella una mezcla de rencor, gratitud y envidia que invaden todo su cuerpo y ya no la abandonarán jamás. El hombre oscuro intenta ocultar la sorpresa, la irritación, el enojo. El padre se siente derrotado y confundido.

El hechizo que permitió que todos compartieran este sagrado instante se disuelve de pronto. El niño vuelve a ser un simple niño, como por arte de magia. Un niño y su capricho. La mujer, una bella joven que avivó prematuramente los instintos sexuales del hombre preconcebido dentro del niño.

Se acerca el mozo a la mesa:

—Disculpen, pero si no pueden controlar a su hijo les voy a tener que pedir que se retiren, tanto bullicio molesta a los demás comensales. —Su tono es de impaciencia.

El niño se va vociferando nombres extraños y palabras enigmáticas en brazos de su madre. Extendiendo sus pequeñas manos en el aire, dibujando formas invisibles; plenas de sentido. La joven puede advertir estas formas, intuir su armonía. Se impregna de ellas, se deja impregnar.

La imagen de Nicolás arrastrado por su familia es devorada por la puerta de espejos biselados. Vuelve el silencio. Ya nada será como antes para Mariana. El rostro del hombre al que creía amar sin remedio se vacía de significados. Las conversaciones se transforman en rumores vagos, los colores se apagan. Sólo puede escuchar el sonido de su corazón retumbándole en el pecho.

Y esa extraña sensación de vacío y ausencia que comenzará a habitarla gradual, irremediablemente.

2

Buenos Aires, 2 de abril de 1957, 11:05 a.m.

"El último abrazo, el último beso. La última mirada".

Mariana tiene doce años. Sube por el antiguo ascensor de hierro repujado hacia el quinto piso donde vive su abuela. Su mente divaga sin rumbo. Desde el palier del tercero un gato siamés la observa al pasar. Se dispone a seguirla por los innumerables escalones de mármol, curioso. La adolescente lo mira a través de las rejas de la inmensa jaula. Mientras se eleva se aferra a los barrotes que están fríos. El felino corre escaleras arriba. Al abrir las puertas-tijera estas crujen. Les falta aceite, piensa Mariana. El gato la espera sentado frente a la puerta del quinto B observándola. La niña se agacha para extenderle la mano. El animal se acerca ronroneando. Primero con precaución, luego zambulléndose en sus brazos.

El vehemente encuentro se interrumpe cuando la vecina del cuarto piso grita con disgusto: —Romeo ¡volvé para acá!—. Y el animal obedece como un perro, escapándose sin mirar atrás.

Toca el timbre y espera que la atiendan mientras frota su antebrazo con saliva, Romeo en su huida le ha rasguñado el brazo izquierdo. Abre la puerta una mujer de unos sesenta y cinco años vestida de entrecasa. El dolor por lo que no pudo ser dibuja surcos en su rostro, estelas de amargura. Sólo sus ojos azules conservan un destello de la vida que parece escurrirse de su cuerpo como la arena entre las manos.

Ellas no saben que este será el último encuentro. Que la abuela tiene sus días contados, y la nieta tendrá que aprender a vivir con su ausencia. Mariana está a punto de recibir un legado que le llevará más de la mitad de su vida comprender.

—¿Estás bien querida? ¡Ese gato de mierda carajo! —exclama furiosa, gritando en dirección al ascensor.

—Sí abuela, no te preocupes, es sólo un rasguño. Estoy bien. Entremos que hace frío—la joven la invita a ingresar al departamento.

—Vamos a mi cuarto querida, últimamente estoy muy cansada sabés, necesito estar en cama. ¿Querés un tecito antes de acovacharnos? —le pregunta con ese tono cálido y afable que tantas veces sanó sus heridas. Ella asiente. Van a la cocina a prepararse un té de cedrón y menta, para luego dirigirse al cuarto. Camina oliendo la infusión, disfrutando de su aroma y del calor que emana.

Ingresan en la habitación. El sol que atraviesa el ventanal lo tiñe todo con una luz brillante y alegre que contrasta con el cuerpo vacío de la anciana. El desorden, las paredes ligeramente descascaradas y la incipiente suciedad generan un clima de decadencia doloroso para la pequeña.

—¿Sabías mi querida que me estoy yendo a pasar las fiestas afuera? No sé cuándo vamos a volver a vernos... Te veo tan grande Mariana, ya casi no queda nada de la niña que fuiste. Te estás transformando en una hermosa mujer... —Sus ojos se empañan—. Quiero darte antes de irme un libro que es muy importante para mí. Los libros siempre fueron mis amigos, sabés, una gran compañía. Si disfrutás leyéndolos nunca te sentirás sola. Este libro es para la niña que va a vivir en tu interior siempre, incluso cuando llegues a mi edad, si Dios quiere. Es una obra de teatro. Se llama "El pájaro azul". Trata sobre dos hermanos que viajan muy lejos buscando afuera lo que sólo se puede encontrar adentro. Todo lo que tenés que saber para enfrentar la vida está en este libro. Ojalá te sirva para atravesar el laberinto, mi querida, que no es fácil, creeme, no es fácil —repite para sus adentros, enredada en el hilo de sus recuerdos, cada vez más nítidos a medida que transcurren los años—. Cuando lo leas, yo voy a estar a tu lado. Siempre.

Mariana recibe el libro de tapas azules y lo guarda en su bolso como al descuido, sin sospechar que con los años se convertirá en un invaluable tesoro para ella.

Se dan el último abrazo, el último beso. La última mirada. Si supieran que es así les resultaría insoportable, imposible de enfrentar.

La ignorancia les permite transcurrir este momento con una aparente liviandad.

3

BUENOS AIRES, 26 DE OCTUBRE DE 1973, 10:34 A.M.

*"Aunque nunca logró comprenderlo, siempre lo amó. Y lo
sostuvo en silencio impidiendo la caída".*

Los jardines del neuropsiquiátrico contrastan en su belleza
con la sordidez de lo que ocurre allí adentro. Los árboles añejos
regalan sus sombras generando formas escurridizas. Es una cálida mañana de octubre. El sonido del tráfico en la avenida invade
a través de los muros de la antigua edificación la aparente paz.
Convive el rumor del exterior con el canto de los pájaros. Los
gatos se pasean por los parques tranquilos, sabiéndose indispensables para la supervivencia de más de un interno. Si no fuera
por los pacientes que deambulan por aquí y por allá arrastrando
el alma y los pies, el lugar parece un lugar de ensueño fuera de
este tiempo y esta ciudad.

Nicolás tiene doce años, ingresa de la mano de su madre. La
expresión en su rostro es neutra, como desdibujada. Morocho,
de ojos intensos, lo único que delata que su cuerpo aún está
habitado es su mirada. Si uno observa profundamente dentro
de sus ojos negros se puede ver un animal agazapado esperando
el momento para saltar, para escapar. Ser libre.

Su madre, Teresa, lleva anteojos oscuros para ocultar sus lágrimas. Tiene el pelo recogido y el alma herida. Ella se cree una
mujer simple, sin demasiadas pretensiones. Su único anhelo en
esta vida ha sido formar una familia, criar a sus hijos, satisfacer
a Ernesto. Proviene de una familia humilde y se considera muy
afortunada de haber conocido a un hombre decente y trabajador
como su esposo, siempre dispuesto a cumplir con sus deberes

conyugales. Hace años él la rescató de un padre alcohólico y una madre sumisa, y le debe todo lo que tiene. Así es que aunque le parta el corazón dejar a su hijo mayor en este lugar sórdido y sombrío, lo va a hacer. Ernesto se lo ha pedido, y ella cumplirá con su promesa.

Desde pequeño Nicolás ha sido un niño extraño, despierto y ausente al mismo tiempo. Profundamente curioso. Aprendió a leer muy pronto, y su talento para el dibujo fue siempre extraordinario. Un domingo lluvioso de julio asombró a toda la familia haciendo su primer garabato en una servilleta, transformándolo en un ave maravillosa en pocos trazos.

Hacía preguntas, constantemente. Preguntas incómodas. Preguntas para las cuales nadie tenía respuestas.

Pero siete años atrás dejó de hablar, de un día para el otro. No hizo más preguntas, ni volvió a dibujar. Se negó sistemáticamente a expresar el motivo de su silencio. Lo llevaron a médicos especialistas en audición, neurólogos, fonoaudiólogos, psiquiatras. Nadie logró dar con el diagnóstico, ni encontrar una causa que justificara semejante cambio. Fue como si su inmensa curiosidad y creatividad se hubieran retirado de su vida sin previo aviso, ni sentido. Nada significativo ocurría en aquel momento en la familia. Los médicos no encontraron un factor desencadenante que explicara el trastorno, por lo cual concluyeron que tendría una base orgánica. Mal pronóstico. Fue medicado, sobremedicado. A la falta de sentido que tenía su vida se le agregó el aturdimiento. Sólo la madre asociaba el silencio de su hijo a aquel extraño episodio ocurrido siete años atrás en la cantina. Ella sostenía que exactamente a partir de esa noche su hijo no había vuelto a hablar. Tanto Ernesto como los médicos insistían en que lo nimio del episodio no justificaba semejante reacción. Incluso lo bizarro del acontecimiento, y todas las conductas previas reafirmaban el diagnóstico de un trastorno psiquiátrico precoz.

Ocho meses atrás, precisamente para la fecha de su cumpleaños, un dieciocho de febrero, Nicolás comenzó a ponerse agresivo.

Los arranques de ira perturbaban a la familia, y ya estaban cansados de lidiar con este chico. Antes, sus silencios eran incómodos pero soportables, mucho más soportables que sus preguntas. Pero ahora la ira era inaceptable. Se había transformado en un estorbo. Tal vez esta internación fuera lo mejor para él después de todo, se dice Teresa mientras avanzan hacia el pabellón donde serán recibidos por el psiquiatra que firmará el ingreso. Nicolás ya era un hombre, estaba a punto de pasar en altura a su padre, y si decidía responder a sus golpizas la situación podría terminar mal. Ya no podía intervenir a su favor. Se prometió que era por un tiempo, hasta que se calmaran las aguas. Que no lo estaba abandonando, que iba a ir a visitarlo todas las semanas. Y va a cumplir.

Teresa está lejos de ser la mujer simple que cree ser. Sus intuiciones son certeras. Siempre lo fueron, aunque las haya desestimado. Ella ha sido el hilo invisible que mantuvo a Nicolás ligado a su cuerpo todos estos años. Aunque nunca logró comprenderlo, siempre lo amó. Y lo sostuvo en silencio impidiendo la caída.

Hoy ella es la encargada de acompañar a su hijo a encontrarse con su destino. Aunque parezca lo contrario (porque nada es lo que parece) en esta mañana de primavera le está haciendo el favor más grande de su vida.

4

BUENOS AIRES, 29 DE OCTUBRE DE 1973, 4:45 P.M.

"Penélope"

La tarde es gris y está cargada de presagios de tormenta. A Mariana le gustan las tormentas y las tardes grises. La hacen sentir bien. Siempre le costó comprender por qué a la gente le gustaba tanto los días soleados. A ella la deprimían, le hacía daño percibir que la alegría y el pulso de la vida fuera tan escurridizo para ella, y tan fluido para otros. En cambio los días como hoy la acompañaban en resonancia armónica con su ser.

Como todos los miércoles, saluda mecánica y amablemente al portero de la institución, y atraviesa los parques del neuropsiquiátrico sintiendo la brisa en los pulmones. Cierra los ojos para disfrutarla unos instantes.

—¿Ta con sueño doctora? —pregunta desde el banco de hierro la anciana de sonrisa franca y desdentada—. ¿Qué habrá andado haciendo anoche picarona? —Vuelve a sonreír, traviesa.

—¡No sea atrevida Penélope! —responde Mariana como sacada de un trance, en tono cómplice. Esta paciente era una de sus preferidas. Hace casi cincuenta años fue depositada aquí por familiares que nadie recuerda, ni siquiera ella. La foto de su ingreso muestra los rasgos de una mujer que ya no existe. Han pasado las décadas, varias camadas de enfermeras, estudiantes, médicos y terapeutas, y Penélope sigue aquí, sentada sobre el mismo banco. Esperando. Generaciones y generaciones de gatos de distintos colores y diversos nombres pasaron por sus manos.

22

Muchos murieron en sus brazos. Ella aprendió a amarlos a todos, y a comprender después de mucho sufrimiento que estaban de paso en su vida, y en su regazo.

Ya nadie recuerda con exactitud su verdadero nombre, a todos les gusta llamarla Penélope. Penélope la que espera, y esperando observa. Nadie conoce como ella los movimientos de los que pasan. Sus horarios. El andar de sus pasos. Los retrasos. Sabe quién va a pasar por la puerta cada día, en cada horario. En invierno usa siempre el mismo tapado cuadriculado de mil colores corroído por el tiempo, y distintos gorros y guantes de lana que combina según la ocasión. En verano sus generosos pechos asoman a través de atrevidos escotes. Después de infructuosos intentos por disuadirla las autoridades se dieron por vencidas comprendiendo que no cambiaría su atuendo. "Tengo que estar bonita por si él llega. Nunca se sabe cuándo pueda ser. Pero será, lo sé, y tengo que estar preparada". Él se llama Jorge, y fue su primer y único amor cincuenta y seis años atrás.

Hoy Penélope lo espera con su paraguas rojo a un costado del banco, y su mejor sonrisa. Está contenta, ella también disfruta las tormentas. La hacen sentir una heroína. Ha llegado a estar horas bajo su paraguas soportando el frío y el viento negándose a retirarse si el horario de visitas no había concluido. Su estoicismo y voluntad férrea siempre han despertado la admiración de sus compañeros, y de más de un profesional.

—Hoy va a ser un día especial doctora, ya va a ver, yo sé por qué se lo digo —le dice la anciana con aire misterioso, mirándola fijamente a los ojos.

—Dígame Penélope, ¿qué tiene de especial hoy, además de que se avecina una tormenta y ya sabemos que se va a mojar hasta los huesos? —responde con tono resignado Mariana.

—Para mí no doctora, para usted va a ser un día especial, ya va a ver... Yo sé por qué se lo digo.

Mariana sonríe y mira el reloj de pulsera. Llega tarde al grupo que coordina en el pabellón de adolescentes, una de sus actividades preferidas. Así que se despide apurada y corre por el sendero sinuoso en dirección a la antigua edificación de paredes descascaradas por el tiempo, y la indiferencia.

5

BUENOS AIRES, 29 DE OCTUBRE DE 1973, 5:10 P.M.

*"Se oyen a lo lejos los primeros truenos
de la tormenta que se avecina".*

El grupo de arteterapia consta de doce miembros. Lo coordinan dos terapeutas. Mariana participa hace un año como co-terapeuta, y su compañero es un psiquiatra veinte años mayor que ella. Bernardo. Un hombre triste y sombrío que perdió la fe y el entusiasmo por la naturaleza humana hace años. Su vida es una simple sucesión de hechos aislados y mecánicos, obligaciones y rutinas que cumple sin preguntarse demasiado por el sentido, ni la finalidad de las mismas. Últimamente sólo este espacio de los miércoles a las cinco de la tarde lo entusiasma. Hace unos meses su semana comenzó a dividirse en un antes y un después de este grupo. Antes y después de Mariana. La frescura con que ella vive la profesión le recuerdan lo que perdió en el camino.

Se está preguntando por el motivo de su retraso cuando ingresa en la sala pidiendo disculpas. Entra agitada. Se tropieza con una silla mientras acomoda su bolso sobre su respaldo. Bernardo no puede evitar registrar con cierta inquietud la alegría y el alivio que le produce la presencia de esta mujer cada vez que sus cuerpos se rozan.

—Buenas tardes licenciada, estábamos presentando en el grupo a un paciente nuevo, Nicolás, dándole la bienvenida. Ingresó esta semana. Nicolás es un hombre de pocas palabras, pero pareciera que el grupo está contento con su presencia. ¿No es cierto?

Varios asienten, particularmente las mujeres.

Mariana saluda recorriendo con la vista al grupo hasta detenerla sobre el joven paciente que está con la mirada rígidamente posada sobre el centro de la mesa.

—Buenas tardes a todos, y perdón por la demora. Bienvenido al grupo Nicolás.

Ante el asombro de todos, Nicolás levanta la cabeza por primera vez. Mira directamente a los ojos a Mariana. El primer rastro de interés que muestra desde que lo internaron. Puede leerse en su rostro una mezcla de estupor con confusión que sorprende a todos. Su mirada le recuerda vagamente a alguien que no logra identificar, piensa la joven mientras le sonríe.

Nicolás se para en silencio y se dirige lentamente hacia ella, como un animal que se acerca hacia su presa sigilosamente para no asustarla. Bernardo se acomoda en la silla expectante, listo para intervenir de ser necesario. Mariana se levanta como poseída por una fuerza desconocida y se queda de pie, esperándolo. Su cuerpo no registra rastro alguno de ansiedad o miedo. Sus brazos se abren, y Nicolás se dirige hacia ellos. Se abrazan.

Luego de unos segundos que parecen una eternidad las lágrimas de él comienzan a deslizarse por el hombro de ella, derramándose como un río triste y solitario, buscando un cauce. Ella le sostiene con una mano la cabeza, y con la otra le acaricia la espalda. Cierra los ojos y siente una oleada de energía atravesándola. Entonces un dolor certero y profundo se le instala en el pecho, como si el esternón se le fuera a partir en dos. Se aferra a él para no caer.

Se oyen a lo lejos los primeros truenos de la tormenta que se avecina.

6

Norte de África, 40.000 a. C.

"…un solo cuerpo, bello y luminoso en la oscuridad".

Es una noche de luna llena, en el trasfondo de los tiempos. El aire es cálido y las hojas de los árboles se entrelazan, meneadas por el viento. Se puede oír el bullicio de la selva. El aroma fresco de la primavera brota del suelo después de la lluvia. Una fuerte tormenta tropical asoló el lugar horas atrás, y los hombres y mujeres de esta primitiva comunidad se protegen asustados dentro de una cueva. El retumbar de los rayos aún resuena en sus oídos, a pesar de que la tormenta ya ha pasado.

La mayoría duerme alrededor del fuego, agotados por el desasosiego y el miedo.

Solo ellos están despiertos: un hombre, y una mujer. Se miran a los ojos como si se miraran por primera vez. Ella siente un extraño calor que invade su cuerpo. La sangre fluye entre sus piernas y un pulso confuso la perturba. Él se ve trastornado por los olores que emanan de ese frágil cuerpo, tan desconocido y conocido al mismo tiempo. Siente cómo su miembro se eleva señalándole el camino. Y se para, decidido a seguirlo. Aunque no entienda hacia dónde lo conduce.

La brusquedad con que él se levanta la asusta. La asusta más que la tormenta, más que la selva de noche con todos sus peligros. Prefiere enfrentar la inmensidad del exterior que la ferocidad de esa mirada y ese cuerpo vibrante. Corre hacia la salida, al hacerlo tropieza con el cuerpo de su madre que se acomoda dormida, aferrada a la calidez del grupo.

El calor agobiante y la humedad del exterior contrastan con la frescura de la cueva. Esto la golpea, como si fuera un muro que le impide atravesar el umbral. Pero junta valor, mira hacia ambos lados buscando dónde refugiarse y decide correr hacia la derecha; hacia el río. En la huida vuelve a tropezar, esta vez cae. Él la sigue y la alcanza. La toma entre sus brazos, la arrastra forcejeando hacia un claro en la selva. Muchas veces en noches de luna llena como esta se ha escapado para contemplar ese misterioso agujero en el cielo. La lleva hasta allí como una ofrenda, un objeto sagrado. La deposita sobre su roca preferida, forcejean. La luz espectral de la luna dibuja formas en su cuerpo más perturbadoras aún que en el interior de la caverna. Su miembro vuelve a elevarse buscándola. Cuando intenta escapar se abalanza sobre ella tomándola del pelo. La rodea con los brazos resueltos y su boca se dirige hacia su cuello. La lame, la muerde, la huele. Su cuerpo redondeado y femenino emana fluidos de un olor irresistible.

Ella ha pasado del temor a la confusión. Siente que su cuerpo se abre y se expande. Siente cómo el calor la atraviesa, y un pulso constante y dilatante va abriendo cada orificio de su cuerpo. Sus manos dejan de ser garras para transformarse en sedas que lo buscan y acarician. Desaparece la selva, desaparece el miedo, desaparece ella misma. Un magnetismo irresistible la impulsa ciegamente hacia él, a su pesar. Los olores y los sudores de ambos se entrelazan como sus cuerpos, de todas las formas posibles. Hasta transformarse en un solo cuerpo, bello y luminoso en la oscuridad.

El mismo ritual se repite hasta el cansancio, noche a noche, en el mismo claro. Hasta que el cuerpo de ella comienza a cambiar misteriosamente, de esa forma que provoca reverencia y temor.

Varias lunas después nace la niña.

Luego de una exhaustiva jornada la criatura llora sin consuelo. Él se para enfurecido y la arrebata de los brazos de su madre. Hace días que no comen. El invierno, el frío y el viento azotan la comunidad sin piedad. La noche es oscura. Él camina furioso, en círculos, gritándole y zarandeándola como un animal.

Entonces sucede, de forma inesperada, aun para él. En un solo y certero movimiento le parte el cuello. Puede sentir el preciso instante en que la vida, frágil, se le resbala de entre sus manos con un leve tronar de huesos. Acompañado de un silencio abrumador. Puede sentir las garras de ella arañándolo, la sangre chorreando por su espalda y el peso muerto arrebatado de sus manos.

A partir de este momento todo transcurre en cámara lenta. La cara de ella transformada en un inmenso agujero, profiriendo el grito ancestral. El resto de las mujeres de la tribu rodeándola, tomándola entre sus brazos. Rostros sin sonidos. Los hombres forcejeando con las mujeres enfurecidas, mirándose cómplices. La pequeña criatura inerte en brazos de su madre, inmóvil. Todo en el más absoluto de los silencios. Como si le hubieran extirpado a la escena hasta la última gota de sonido.

Esto genera un vacío en su cabeza que lo marea.

Con el tiempo los sonidos volverán. Excepto la voz de ella, que jamás volverá a escuchar.

7

BUENOS AIRES, 4 DE OCTUBRE DE 1974, 4:20 P.M.

"...llevando una mano a su corazón para acompañar el gesto".

Hoy no es cualquier miércoles. Mariana está nerviosa. Viene a anunciarle al grupo que se casa con Bernardo y que deja el hospital a fin de año. Ha reiterado en su cabeza una y mil veces la escena del anuncio, ensayando alternativas. Pero ninguna la convence. Repite como una autómata el ritual semanal del ingreso, abstraída en sus pensamientos. Saluda al guardia, y atraviesa los jardines soleados hasta que la presencia de Penélope la trae nuevamente a la realidad.

—¿Cómo está hoy, mi encantadora Penélope? —dice mientras se sienta junto a la mujer, y acaricia al gato blanco que descansa en su regazo. No quiere enfrentar la ingrata tarea de encarar el grupo, y además quiere tomarse un tiempo para despedirse de su paciente favorita.

—Bien, disfrutando del solcito doctora. A la que se la ve muy bien es a usted, parece que la primavera le trajo colorcitos...

Mariana lleva puesto un vestido de algodón liviano. Sus flores violetas bailan alegres sobre un fondo verde jaspeado. Con cada movimiento de sus piernas las flores parecen cobrar vida. Hace calor.

—Bien Penélope, muy bien, veo que es usted muy perceptiva. Justamente venía a anunciarle una gran noticia. En unos meses me caso con el doctor Gutiérrez. Por este motivo no voy a estar trabajando más en el hospital, nos vamos a vivir afuera, a otro país. Quería contárselo yo misma, y decirle que la voy a extrañar. Usted sabe cuánto la aprecio.

—Yo me lo veía venir doctora, lo del doctor digo. ¿Pero es necesario que se vayan a vivir afuera? ¿Se van muy lejos? ¿Sabe cuándo van a volver? —Ansiosa, la bombardea a preguntas.

—No lo sé Penélope, nos vamos a vivir lejos, el doctor consiguió un trabajo en Nueva York, en Norteamérica, y yo estoy gestionando un posible trabajo ahí... Pero vamos a estar viniendo de visita cada tanto, por supuesto.

—Ay doctora, que Dios la ayude... Con el doctor digo, que parece una buena persona, pobre santo, pero no sé si para usted. Los locos como yo podemos escupir lo que pensamos sin pensarlo, sabe, y lo que otros no se animan a decirle yo se lo digo doctora. Sepa disculparme, pero el doctor es de ese tipo de personas que de tanto quererla, no va a poder quererla. De los que construyen jaulas, y ponen cerraduras. Y usted nació para ser libre doctora. Un pájaro libre y hermoso que se marchitaría en una jaula. Créame. Algo me han enseñado los años, y este banco —dice con parsimonia mientras apoya sus manos viejas y cansadas sobre el banco de hierro.

Silencio. Mariana escucha estupefacta el sorpresivo monólogo de Penélope. Un escalofrío le recorre la espalda, pero elige no registrarlo. Decide que son los extravíos de una anciana demente a la que hay que ajustarle la medicación. Se lo voy a comentar a su psiquiatra —piensa—, pobre Penélope, qué vida tan triste y miserable le ha tocado. La pena y la conmiseración la rescatan de la inquietud. Se despide con la complacencia que se les dedica a los locos, y se dispone a avanzar hacia el pabellón donde Nicolás la espera para recibir la noticia.

Penélope la mira alejarse con resignación mientras le dice en voz alta, casi gritando:

—Doctora, usted sabe que cualquier cosa que necesite, yo siempre voy a estar aquí para usted ¿no? —Mariana se da vuelta, sonríe, y asiente en silencio llevando una mano a su corazón para acompañar el gesto.

8

REINO DE ANGLIA, 1114 D. C.

"La Virgen la mira, compasiva".

Parada al borde del precipicio puede ver sus pequeños pies balancearse ante el abismo. Siente el viento jugando con su pelo enmarañado y la túnica que inútilmente la abriga. Está decidida a saltar. El cuerpo le tiembla y su mente, aturdida, lo evoca una vez más. Lo ama y lo odia con locura.

Ella no la ve, pero a su lado, sobre su hombro derecho y observándola con dulzura la Virgen la custodia. Si tan solo pudiera sentirla... Pero el dolor, la desesperación y el espanto se lo impiden.

Pensó en matarlo. Matarlo a él primero, y luego a su enemiga. Pero le falta el valor. Además, no soporta la idea de un mundo sin él, sin su piel. Sin su voz. Sin su belleza. No tolera la idea de que su cuerpo pudiera pudrirse bajo tierra, descomponerse y desaparecer. Un mundo en el que él ya no existiera sería simplemente inconcebible, absurdo.

Se pasó la vida buscando su atención y reconocimiento. Cuando finalmente lo logra aparece otra que alegremente y sin esfuerzo se lo lleva. No es justo. Nacieron del mismo vientre, lo compartieron todo, le dedicó la vida desde sus primeros pasos... para ahora ser dejada de lado como si fuera transparente. No tiene ojos más que para ella. Para esa mujer cruel y despiadada que en realidad no lo ama, no como ella. Es más, ella sabe que se avergüenza del amor que compartieron, que lo irrita su presencia. Siente que él estaría mejor si ella no existiera. Matarse. No encuentra otra solución para acabar con este tormento. No puede soportar su hostil indiferencia. Que se haya olvidado de todo lo que alguna vez los unió tan fácilmente, casi con desdén. Necesita liberarse, liberarse de él, liberarse de la necesidad de liberarse de él. Volar y ser libre. Desintegrarse en el viento, esfumarse. Desaparecer. Concederle su deseo, y condenarlo así a la culpa eterna. Condenarla a ella. Ensuciar esa maldita felicidad dibujada en sus rostros con la mancha imborrable del remordimiento. Es la única solución que le da paz. Irse triunfal. Eternamente joven. Confiar en que los años harán su trabajo dibujándola en su memoria cada vez más bella, cada vez más pura e inocente. Indefensa. Impoluta. El tiempo tiene esa extraña capacidad de rehacer los recuerdos para transformarlos en otra cosa. Reinar triunfal en la eternidad de sus memorias.

La torre es alta, de piedra. Desde allí se divisa el horizonte con sus peligros y sus promesas. El paisaje es árido y sombrío. El viento constante. Muchos han huido derrotados por él, sintiéndose enloquecer frente a tantos secretos susurrados al oído sin descanso.

Antes de tirarse se agarra con fuerza a la piedra áspera, como queriendo detenerse a sí misma. Mira el vacío, ensimismada en sus recuerdos, temblando de odio.

Por un instante intuye la presencia de algo más sobre su hombro, una ráfaga de aire cálido, una leve esperanza... Pero rápidamente la descarta. Se gira hacia el precipicio bruscamente para afianzarse en su decisión. Se tira. En el aire parece una niña, un ave herida que cae sin remedio luego de haber sido atravesada por un rayo. Un ave niña que gira y gira a punto de transformarse en águila. Dispuesta a desplegar sus alas, a volar.

Siente la libertad. Se siente liviana, ingrávida, liberada. Cuando su rostro toca el suelo cierra los ojos, y sonríe.

Aún no lo sabe: que lleva en el vientre al hijo de su hermano. La Virgen la mira, compasiva.

9

BUENOS AIRES, INVIERNO DE 1974

"…una declaración de amor lanzada al cosmos".

Nicolás tiene trece años, Mariana está por cumplir treinta. En sólo un año el adolescente ha evolucionado de manera sorpresiva. El primer contacto con ella aquella tarde de tormenta signó lo que sería el comienzo de su cambio. La mejoría vendría luego, de la mano del despliegue de su extraordinario talento artístico. Los primeros dibujos se esbozaron con absoluta naturalidad frente a sus compañeros de grupo, que se quedaron boquiabiertos ante su belleza. Constituirían una serie de pájaros de todas las formas y colores posibles. Al poco tiempo la producción dejaría de realizarse sólo en el ámbito del grupo, y comenzaría a generarse en todo momento. Era su manera de vincularse. Dibujaba antes de irse a dormir, al levantarse por la mañana. En el comedor, en el parque. En las sesiones individuales. Cada dibujo era un regalo para ella, una declaración de amor lanzada al cosmos.

Las aves comenzaron a circular entre los internos, luego entre los profesionales. Hasta que finalmente atravesaron los muros de la institución yéndose como polizontes en bolsos de familiares y amigos. Desperdigando sus mensajes más allá de sus fronteras.

Mariana pronto comprendió que Nicolás era un diamante en bruto que necesitaba de alguien que lo ayudara a desplegar su talento. Ella era la persona destinada para esa tarea. Con la renuente autorización de sus padres consiguió un permiso especial para asistir a un taller de arte dictado por un prestigioso pintor que en cuanto conoció su obra accedió gustoso a tomarlo como discípulo. Al principio Mariana intentó que fuera un familiar quien lo llevara los viernes al mediodía, pero esto fue imposible, a pesar de que la madre estaba dispuesta a hacerlo, porque Nicolás se negaba sistemáticamente a ir con otra persona que no fuera ella. Vio en estos viajes la oportunidad de compartir momentos a solas, y no iba a desperdiciarla. Después de pensarlo mucho, y a pesar de la oposición de Bernardo, Mariana accedió a llevarlo en condición de acompañante terapéutico.

—Te involucrás demasiado con este paciente, te hace perder perspectiva Mariana. Tenés que revisar qué te produce contra-transferencialmente. No creo que sea bueno que asumas esta responsabilidad, dada la clara transferencia erótica que el chico tiene con vos. Tenés que frustrarlo para ayudarlo, ya lo sabés...— le dijo Bernardo una y mil veces, tratando de ocultar la ambivalencia que le producía este vínculo.

—¿No entendés que a este chico lo único que lo va a salvar es su arte, y la posibilidad de sublimar a través de su obra? Estamos ante un artista extraordinario, con un gran potencial para generar una producción magnífica y que merece ser compartida. Necesita de alguien que sepa del tema y lo oriente, nosotros no podemos, excede nuestras capacidades. Si se aferra a su arte, tal vez se salve y logre reconstituirse a sí mismo.

—Que se ocupen los padres, no te hagas cargo vos. ¡Te estás dejando manipular por una criatura de trece años!

—Los padres no pueden hacerse cargo. ¿No ves que están totalmente desorientados? Le tienen miedo, y no entienden su sensibilidad artística. ¡No tienen ni idea quién es su hijo! Si es por ellos Nicolás no sale de esta institución nunca más.

—¡Ah! Y vos sí sabes. ¡Vos lo vas a salvar! Cuidado licenciada con la omnipotencia eh... Además, ¿no estarás sobreestimando las capacidades de este chico?

—Bernardo... —le clava la mirada— Ya lo tengo decidido, si tengo que hacer una pequeña transgresión del encuadre para darle la herramienta que necesita para salvarse, lo voy a hacer.

Estoy dispuesta a asumir la responsabilidad por esta decisión. Espero que lo entiendas, y que me apoyes. Porque si no, voy a hacerlo igual. Bernardo se queda mirándola en silencio, sopesando cada palabra. Concluye:—Okey. Espero que el mismo compromiso que asumís con tus pacientes, lo tengas conmigo el día de mañana Mariana. Y que si te tenés que jugar por mí lo hagas como lo estás haciendo por este chico.

Ella suspira aliviada y se abalanza sobre él rodeándolo con sus brazos, besándole el cuello, la boca, y finalmente los ojos.

—Pavote. ¡Por supuesto! ¿Cómo podés dudarlo? Si hay alguien por quien pienso jugarme en esta vida, es por vos. No nos estaríamos casando si no fuera así, ¿no?

Él cierra sus ojos y se aferra a su cintura logrando conjurar el miedo y la impotencia, al menos por un rato. La ama. La desea con locura, e intuye que jamás podrá poseerla. Por este mismo motivo la ama aún más.

Y la odia, la odia con todas sus fuerzas. Aunque aún no lo sabe.

10

BUENOS AIRES, 4 DE OCTUBRE DE 1974, 5:00 P.M.

"¡El amor puede nacer cuando uno menos se lo espera!".

Bernardo y Mariana acaban de hacer el anuncio en el grupo. Un instante de silencio toma la sala. Ella mira nerviosa a través del ventanal. Acaba de darse cuenta del error. No debería haber seguido los consejos de Bernardo, tendría que habérselo dicho ella misma a Nicolás, a solas. Debería haberle dado la oportunidad de responder lo que necesitara responder, en intimidad. Pero se refugió en el grupo y en Bernardo para no enfrentarlo. Ahora que está ante su mirada extraviada, empecinadamente enfocada en un punto virtual de la mesa, lo comprende.

El grupo se alborota, los pacientes hacen todo tipo de comentarios risueños. Algunos se paran para darles la mano, entusiasmados.

—¡Felicitaciones a los dos! ¡Qué honor para nosotros que aquí haya nacido el amor! ¡Se ha formado una pareja! —bromea un paciente, imitando la voz del famoso conductor televisivo que forma parejas en el programa favorito de las pacientes mujeres. La única meta de muchas de ellas es hacerse los dientes postizos para estar presentables y en condiciones de concurrir al programa de Galán. No pierden las esperanzas de conocer así al hombre de sus sueños.

—Bueno, no es necesario ir a lo de Galán. ¿Ven chicas? ¡El amor puede nacer cuando uno menos se lo espera! —comenta entre burlona y feliz Dolores, la paciente más antigua del grupo.

Mariana observa de reojo a Nicolás, que es el único

que se mantiene callado e inmóvil en su silla. Espera que el bullicio se aplaque y pregunta: —Nicolás, ¿querés compartir con nosotros lo que sentís con la noticia? —Nicolás levanta la mirada, lentamente. Se para, como el primer día, pero esta vez dirigiéndose hacia ella decidido. La mira a los ojos, e ignorando al resto de grupo grita con violencia: —¡Cobarde!

11

TOKIO, 2068 D.C.

"…un mar inagotable de tristezas fluye a través de sus ojos".

Kumiko está sentada a la mesa de un bar en el aeropuerto. Espera. El café se le enfría entre las manos mientras su mirada se pierde a través del ventanal.

A su pesar, ha comprendido que él no acudirá a la cita. Las lágrimas comienzan a deslizarse por sus mejillas, tímidas, silenciosas, imposibles de detener. Detrás de unos anteojos que intentan protegerla sin éxito de miradas escurridizas, un mar inagotable de tristezas fluye a través de sus ojos.

Piensa. Piensa sin cesar, de manera rumiante, casi rítmica. "No vendrá. No vendrá a la cita. No lo puedo creer, lo dejé todo por él, me lancé al vacío, le entregué mi alma, abandoné a mi marido, a mis hijos… Y así es como me lo paga, dejándome tirada en este aeropuerto roñoso, frente a una silla vacía. No vendrá, no vendrá a la cita, no lo puedo creer". Repite en forma circular los mismos argumentos, una y otra vez. Estos van cobrando velocidad hasta marearla. Siente que va a vomitar. El precipicio es alto e insondable.

Luego de un lapso impreciso de tiempo se genera un vacío en su cabeza. Se produce un silencio. Una parte de sí que ella misma desconoce toma la palabra, no sabemos si logra escucharse: "Todo lo que me queda está en estas valijas. Al irme dejé atrás mis libros, mis recuerdos, mis hijos. Su amor insípido. Dolorosamente insípido. Quise reinventarme a mí misma, ser otra para él. Qué ingenuo de mi parte creer que a esta altura de mi vida podría volver a empezar… Mis bebés… ¿Habrán leído ya mis cartas? ¿Podrán entenderme? ¿Podrán perdonarme? ¿Estaré yo signando sus vidas por el abandono como signaron la mía? Lo peor es que yo sé que aunque me parta el corazón el dolor que les he causado, volvería a hacerlo…".

Duda: "Tal vez debería haber simulado mi muerte. Una mentira piadosa. Un accidente. Les podría haber regalado el consuelo de una fatalidad no elegida. Que pudieran conservarme en sus memorias como la madre abnegada e incondicional que nunca fui, que nunca supe ser. Yo no soy esa mujer, no sé cómo serlo. Les quité la posibilidad de inventarme como más quisieran. ¿No es lo que siempre hacemos después de todo? Ver lo que queremos. Inventarnos los unos a los otros con la precisión de un artista. Retocando a piacere, construyendo versiones alternativas. Mis cartas son demasiado contundentes. Demasiadas verdades en pocas líneas. Tal vez no debería haberlas escrito. En el silencio la verdad se construye y reconstruye a sí misma. Ahora estarán anclados a mis palabras por el resto de sus vidas. ¿Y si mañana yo misma no creo en ellas? ¿Por qué las escribí? ¿Cómo pude ser tan necia de creer que jamás me arrepentiría? No han pasado más de dos días, y ya me arrepiento. No vino, no vino a la cita. No tuvo el valor. No tuvo el valor de dejar a su mujer, no tuvo el valor de venir a decírmelo en la cara. Me dejó con dos pasajes de avión en la mano, y una silla vacía. Me dejó en el silencio construyendo incógnitas que me perseguirán por siempre, como fantasmas que se niegan a partir".

Una nueva ocurrencia aflora, rescatándola: "tal vez tuvo un accidente, por eso no pudo llegar. Tal vez estoy aquí llorando su abandono mientras él, inocente, agoniza en la cama de un hospital, desesperado por enviarme una señal. Un mensaje contundente que destruya mi dolor, y me libere de este absurdo malentendido. Su silencio me permite aferrarme a esta convicción. Ser la trágica heroína de mis sueños. Encontrar la fuerza en esta certeza. Aferrarme a esta mentira. Él no me abandonó. No pudo llegar a la cita. Algo, algo terrible y contundente se lo impidió. Jamás me haría esto sabiendo que lo dejé todo por él".

Se sincera con ella misma, a su pesar: "Es verdad, me estaba asfixiando sin saberlo en esa vida gris y plana en la que vivía. Hasta encontrarlo no respiraba. Sumergida bajo el agua distinguía a duras penas formas borrosas y confusas. Cuando lo conocí fue como sacar la cabeza a la superficie después de siglos de asfixia. Respirar la frescura del cielo abierto. El aroma de los bosques y las flores en primavera. El mundo que pisan los mortales. 'Bienvenida al mundo' me dijo, tomándome de la mano. ¿Cómo volver a un mundo de ficciones que se destruye con la facilidad con que explota una burbuja? No, no tengo adónde volver".

Las lágrimas caen.

Ella sabe que él no tuvo un accidente.

Sabe que eligió abandonarla así, sin palabras. Una mujer desconocida en un aeropuerto, sentada ante la mesa de un bar y una silla vacía. Sin nombre. Con dos pasajes a un país remoto, colmada de promesas incumplidas. Dos valijas.

Su ausencia la acompañará por siempre. Como una daga envenenada, certeramente clavada en su pecho. Hasta el final.

12

BUENOS AIRES, VERANO DE 1975

"Regenerándose en sus sueños".

Los meses transcurrieron con rapidez para todos, excepto para Nicolás. Luego de la noticia se recluyó en su habitación prácticamente sin comer, y negándose a hablar. Especialmente con Mariana.

Pero después de cinco semanas resurgió transfigurado. La expresión de su rostro perdió los rasgos del niño. Algo calmado y al mismo tiempo sombrío en su mirada se instaló en su rostro. El ostracismo de su infancia volvió, pero con otra cualidad. Ahora era una elección.

Así estuvo durante meses, evitando las clases de pintura y demás actividades. En especial el grupo de arteterapia.

Se pasó horas enteras sobre el banco de Penélope, sentado junto a ella, en silencio.

La mujer lo recibió afectuosamente, adoptándolo como si fuera uno de sus gatos. Le trajo la comida que las enfermeras le preparaban a ella para ayudarlo a recuperar el apetito. Escuchó con paciencia sus largos silencios.

Así, se hicieron grandes amigos.

Al llegar la tardecita él apoyaba la cabeza en su cálido regazo durmiéndose en sus brazos. Reconfortado. Cansado. Protegido. Regenerándose.

Ella velaba sus sueños.

13

BUENOS AIRES, 14 DE MARZO DE 1975, 4:20 P.M.

"Tal vez simplemente ha nacido para escucharlas".

Pasó el verano.

Mariana ingresa por última vez al neuropsiquiátrico. Viene a despedirse. El otoño tiñe los árboles y el parque de toda la gama de los rojos y los ocres. Los primeros fríos alivian y lastiman.

Ella trae su tapado preferido, es abrigado y se siente contenida dentro de él. Le sube el cuello y suspira dándose valor. Mientras avanza por el camino que la conducirá por última vez al pabellón de los adolescentes llega a distinguir la silueta de Penélope alejándose a través de los cipreses. Nicolás está sentado en el banco esperándola con una sonrisa. Lleva en sus manos las últimas flores del verano. Son blancas.

Por primera vez Mariana ve en él al hombre que amará sin remedio. Su sonrisa franca. Las flores. Su mirada. "Qué suerte que me voy, esto es muy confuso" piensa casi sin registrarlo, haciendo a un lado el registro de este registro.

Se dirige hacia el banco. Se sienta a su lado. Las lágrimas caen por sus mejillas, a su pesar. Dejándola perpleja.

Por un rato los dos se quedan mirando el cielo en silencio. Hablar en este momento hubiera sido una infamia. A ella la alivia que sus inexplicables lágrimas estén a resguardo de su mirada.

—Parece que se viene el frío nomás —dice como al pasar, y su propia voz le suena extraña y ridícula. Él la mira. Vuelve a sonreír, una sonrisa encantadora. "Dios, qué suerte que me voy" piensa, y esta vez registra el pensamiento.

Luego de juntar valor Nicolás declara: —Mariana, yo sé que vos pensás que soy un chico, tengo sólo catorce años, y tal vez lo sea en esta vida. Pero en otras vidas te he amado con el cuerpo de otros hombres como no te han amado nunca. — El miedo en la cara de ella no lo detiene—. Vos pensás que estoy loco, y no te culpo, a veces yo mismo me lo cuestiono... pero sé lo que siento, y no dudo de mis recuerdos. Son una maldición... y una bendición al mismo tiempo. Los recordé en mi infancia cuando te vi por primera vez en la cantina. ¿Te acordás? Muchas veces me pregunto por qué yo recuerdo, y vos no... ¿Será un castigo? Porque vos no recordás nada ¿no es cierto? Lo veo en tu mirada.

Después de tantos años de silencio él no puede parar. La primera palabra trajo la siguiente, y ahora no puede detenerse hasta llegar a la última.

—Hace siglos que venimos intentando amarnos Mariana. Me lastima que vos no te acuerdes. Yo sé que te he lastimado, y tal vez este sea mi castigo: tu indiferencia. Sólo quiero que sepas que ahora lo entiendo, y lo lamento. Lamento haberte abandonado, tantas veces... Necesitaba verlo en perspectiva para entenderlo. Es doloroso, muy doloroso. Pero vos también me has herido sabés, muchas veces. Venimos repitiendo los mismos errores desde siempre. Estoy cansado. Harto. Quisiera poder tomarte entre mis brazos y terminar con este desencuentro de una vez. Disfrutarte, sin miedos. Hacerlo por esta vez distinto— las lágrimas en los ojos de ella le dan el valor para terminar.

—Mariana, te amo. Me parte el corazón verte ir. Estuve pensando mucho en la ironía de este encuentro, y he decidido que voy a aceptarlo. Que puedo amarte sin tenerte, y tal vez sólo así logre amarte de verdad. No voy a luchar más por evitar lo inevitable. Voy a vivir mi vida. Quiero pintar, intentar transformarme en la mejor versión de mí mismo posible, aprender lo que tenga que aprender. Confío en que volveremos a encontrarnos mi amor, cuando tenga que ser. En esta, o en otra vida. Cuando los dos estemos listos.

Las lágrimas de Mariana mojan el cuello del tapado y terminan en sus manos. A pesar de no comprenderlas, le parece que son las palabras más sinceras y adultas que jamás haya oído. Tal vez simplemente ha nacido para escucharlas.

Le entrega las flores. La toma de las manos. Se mira en sus ojos como en un lago.

Ella le sonríe por primera vez, despejada de bruma, aferrándose al calor de sus dedos entrelazados. Las aguas se abren.

En este instante él comprende que se ha transformado en un hombre libre.

En este instante ella comprende que por más lejos que escape, vaya donde vaya, su alma quedará ligada a este banco y a estas manos. A esta mirada.

Por siempre.

14

CHILE, 1889 D. C.

"…la ansiada certeza".

Don Remigio Uribe es un hombre solitario. Dedicó su vida a trabajar en el ferrocarril, y debido a esto pasó la mitad de la misma instalado transitoriamente en los pequeños pueblos que nacían a lo largo de su recorrido. Podría decirse que conoció su amado país, Chile, de norte a sur. Enterito. Gracias al ferrocarril.

Su trabajo le permitió escapar de un matrimonio correcto pero tedioso. Nada tenía que reprocharle a su esposa, la Elsa, que siempre fue una mujer dedicada y generosa. En todo caso si tenía algún reproche era para con él mismo, por no haber podido amarla. Cinco hijos tuvo con ella. Cuatro varones y una mujer. La niña fue la luz de sus ojos desde el principio. La llamó Silvia, era su única alegría y el verdadero motivo para volver al hogar luego de meses trabajando tierra adentro, en la interminable tarea del tendido de vías.

Entre todos compartieron una vida sin sobresaltos. En calma. Con el tácito acuerdo de que cada uno cumpliría con sus obligaciones, hasta el final. Que podían contar el uno con el otro.

Pero esa no era la vida que él hubiera querido.

Esa vida, la que estaba destinada a ser y no fue, se vio truncada el día en que el único amor de su vida, la Isabel, murió de tuberculosis a los diecisiete años.

Ellos noviaban desde siempre, y nadie dudó jamás que estaban destinados el uno al otro. Tenían planes para casarse e irse a vivir a la ciudad donde formarían una gran familia. A pesar de desearla carnalmente con locura la respetaba como si fuera una valiosa reliquia, con reverencia. Se hubiera cortado una mano antes de mancillar su honor.

Ella era frágil, delgada, grácil. Su tez era pálida como la nieve y su pelo negro y lacio le llegaba a la cintura. Sus ojos negros emanaban una dulzura que no era de este mundo, y en su boca se dibujaba siempre una sonrisa.

Él estaba de viaje cuando en un invierno crudo como el infierno ella contrajo tuberculosis. La misiva llegó a tiempo, y después de dos días de cabalgar sin descanso, en un frenesí desesperado, logró llegar a su lecho de muerte. Aunque dormida o ausente por las batallas contra la fiebre, ella lo esperaba.

—Perdóname amor mío, te dejo, no me quedan fuerzas, debo partir.— Fueron sus últimas palabras.

Él se mantuvo en silencio tres años, seis meses y dos días, y cuando finalmente habló fue sólo para decir lo imprescindible. Conservó ese hábito por el resto de sus días.

Dejó que pasara el tiempo y cuando apareció la Elsa se dejó convencer de que la vida junto a ella podría ser menos dolorosa, menos cuesta arriba. Ella se ocuparía de construir un hogar sin sobresaltos adonde siempre regresar, y él cumpliría con el deber conyugal de darle hijos.

Así transcurrieron casi treinta años, en un abrir y cerrar de ojos. Hasta que una noche de Navidad la Elsa se atragantó, con un hueso de pollo dicen algunos, con una nuez dicen otros, muriendo asfixiada frente a la mesa servida y a toda su familia. Entonces él volvió a su ensimismamiento habitual. Cuando su último hijo se casó vendió la casa y se fue a vivir junto al mar.

Ahora Don Uribe vive en una pequeña casa en un pueblo pesquero en el sur de Chile. Pese a no ser un hombre de mar es un hombre respetado entre sus compatriotas, ya que con sus setenta años ya cumplidos conserva algo de la fortaleza de su juventud, y cierta sabiduría.

Esta mañana se ha levantado temprano con la clara intención de llegar con su bote a la zona de pesca de salmones, allí donde el río desemboca en el mar. Es época de deshielo, y los salmones se precipitan como amantes furiosos río abajo. Son su comida preferida. Muchas veces se ha internado durante días en la montaña siguiendo el río a la búsqueda del preciado tesoro. Los ha cocinado y devorado de todas las maneras posibles. Sin embargo, ni una sola vez tuvo la suerte de pescar un salmón de mar. Ni una. Y no quiere morirse sin lograrlo.

Todavía no clarea y ya empuja el bote sobre la arena dejando allí su estela. El pueblo entero duerme, y mientras silba bajito su canción preferida chequea mentalmente su lista de provisiones.

Se pierde mar adentro sin percibir ese pequeño cambio en el viento que suele indicar que no es momento para avanzar. Cuándo retroceder, y cuándo avanzar, ese es un arte en el cual Remigio no es experto. Él siempre ha sido arrastrado por las circunstancias, como está a punto de ser arrastrado por corrientes profundas esta mañana.

Cuando el viento comienza a azotar unas horas después, ya está lejos del pueblo. La corriente lo ha llevado hacia el sur. Intenta e intenta, en vano, avanzar hacia la zona de salmones, pero los caprichos de las mareas lo empujan mar adentro. Si se dejara llevar tal vez el océano lo llevaría hacia una costa segura. Pero Remigio se empeña en que es allí la zona de salmones, y que ni la corriente ni nadie van a impedirle esta vez pescar un salmón de mar.

Finalmente comprende que su objetivo es imposible. Entonces improvisa un ancla con una soga y una pesada lata atada a uno de sus extremos. Después de muchas dificultades logra trabarla entre unas rocas.

Allí está, taciturno, empecinado, intentando soportar los embates con las olas. Convencido ingenuamente de que se puede ganarle a la inmensidad.

Aguanta el viento y la lluvia por horas, aferrado a la soga que comienza a dibujar heridas rojas en sus manos entumecidas por el frío y el cansancio.

De pronto el sol aparece en el horizonte atravesando la tormenta, como queriendo despedirse. Un último rayo misericordioso, dibujando un camino sinuoso y perfecto hacia la nada. "¿Será este mi último día?" se pregunta Remigio en calma, con una valentía desconocida. Como si estuviera observando la odisea de otro. Evalúa las posibilidades, que a medida que la noche avanza claramente disminuyen.

La oscuridad cae. El viento comienza a azotar su barco arrastrándolo violentamente hacia la orilla. La soga finalmente se corta, y tanto Remigio como su bote chocan contra una roca en un encuentro salvaje y fortuito. Su medio de transporte se rompe en mil pedazos. El hombre se desmaya cayendo sobre la superficie rugosa y húmeda para descansar sobre la roca durante horas, exhausto, incapaz de sostener un esfuerzo más.

Junto al primer rayo de sol lo despiertan la confusión y el desconcierto. La piedra sobre la cual dormía es una roca más entre tantas, cerca de la orilla. El amanecer ha alejado la tormenta, y el día clarea mansamente sobre el mar. Le duele el cuerpo, especialmente las manos y los hombros. Un golpe en la frente le ha provocado una pequeña herida que sangra lentamente, chorreando sangre sobre sus mejillas. Perdió el zapato izquierdo y hace frío, mucho frío. Luego de hacer un rápido inventario de las pérdidas mira a su alrededor, y entonces la ve.

Cierra los ojos y vuelve a abrirlos. Los refriega. No puede creer lo que está viendo. Se pregunta: "¿Habré muerto? ¿Será un sueño…?". Sobre una roca a unos metros la Isabel lo mira. Lleva puesto su vestido blanco preferido, el pelo recogido, y su mejor sonrisa. Lo mira tranquila desde su peñasco como si hubieran pasado segundos desde el último encuentro, no cincuenta y dos años.

Remigio lleva una mano hacia su cara tapándose la sien en un gesto de sorpresa y alivio. Lágrimas rojas caen, una a una, sobre la roca. Piensa: "Finalmente ha vuelto, ha venido a buscarme, finalmente… Ha vuelto…". Y le extiende una mano. El peso de los años y las tristezas se chorrean por sus piernas. Horas y horas de ausencias, deslizándose hacia el mar. "Vino… Finalmente vino, me iré con ella" se dice. Y le extiende las dos manos.

Pero Isabel no se mueve de su roca. Lo mira tranquila y paciente, esbozando una sonrisa. Sorprendiéndolo, de pronto desaparece y vuelve a aparecer junto a él en una millonésima de segundo. La misma mirada cálida de siempre, las mismas manos generosas acariciando sus mejillas.

Comprende entonces que el encuentro navegará en el silencio. Que ella volverá a partir, dejándolo inmóvil y solitario sobre esta roca. Sobreviviente milagroso de un naufragio.

Jamás le contará a alma alguna el íntimo milagro, que fue ella quien lo salvó, no la roca. Que vino a darle un último regalo: la ansiada certeza. La libertad.

SEGUNDA PARTE

La búsqueda

1

NUEVA YORK, 27 DE OCTUBRE DE 1986, 9:45 A.M.

"...buscando un orden dentro del caos".

El otoño en Nueva York es un alivio. El sofocante calor del verano comienza a retirarse. Las vidrieras cambian sus fachadas anticipándose a la Navidad, y la ciudad festeja el cambio de estación con alegría. El aire vuelve a ser respirable.

Mariana ha cumplido cuarenta y dos años hace poco más de un mes. Camina por la Quinta Avenida extraviada en sus pensamientos, afianzándose en su ritual cotidiano: el de la caminata que la llevará a recorrer la ciudad sin rumbo; intuyendo el camino. Carga su cámara de fotos al cuello, su bien más preciado. Y la tristeza a cuestas.

Muchas veces sus pasos la llevan al Central Park. Otras a un museo. Otras a un bar. Sus museos preferidos son el Metropolitan Museum of Art en el East Side, y el American Museum of Natural History en el West Side. Son sus refugios fuera de este mundo.

Camina enfrascada en su música preferida atenta a las señales que la guiarán en el camino. La señal puede ser un ciego dirigiéndose hacia un rumbo incierto, pero preciso. Un ciego ciertamente es una señal para ella. Los admira. Los sigue caminando unos pasos por detrás y cerrando los ojos, dejándose guiar por los sonidos, como ellos. Jamás logra sostener el experimento más de unos segundos. Siempre termina abriendo los ojos, agobiada por el miedo e invadida por la compasión y la envidia. Los admira. Se acerca, les ofrece ayuda para cruzar la calle. Los toma del brazo o se deja tomar. Pregunta sus nombres, charla unos instantes. El siglo que tarden en cruzar el océano de vehículos. Se despide agradecida ante el milagro de poder ver.

Otras veces los locos llaman su atención. Los sigue a una distancia prudencial. Desde que el alcalde cerró los psiquiátricos de la ciudad deambulan extraviados por las calles, como en trance. Hay uno en cada esquina. Les toma fotos con recaudos para no ser vista.

Las ancianas también le llaman la atención. Tienen que ser mujeres para que las siga. Algunas le recuerdan a su abuela. A estas se acerca para ayudarlas, carga con sus bolsos, indaga en sus vidas buscando una señal. Un mensaje oculto. La mayoría de las veces las mujeres están dispuestas a seguir la charla entre encantadas y sorprendidas. Una desconocida joven y bonita interesada en escucharlas, dispuesta a perder su tiempo hablando con una extraña. Porque sí. En esta ciudad cruel y desalmada.

No saben que Mariana tiene un motivo. Que deliberadamente está buscando un orden dentro del caos. Ellas son el objeto de su investigación, la foto es la excusa.

Cuando cree encontrar un destello de ese orden saca la foto y vuelve a su departamento en la Quinta Avenida sintiendo que flota a medio metro del suelo. Entonces el dolor y el sinsentido de su vida se diluyen, por un rato. Un espasmo de paz.

A veces eleva su mirada buscando la señal en el cielo. Golondrinas. Esa es su señal preferida y es la de hoy.

Todavía no sabe hacia dónde la conducirán las aves peregrinas, ni que sus obedientes pasos están por llevarla una vez más a encontrase con su destino.

De manera inesperada, en un día cualquiera y vacío de esperanzas.

2

NUEVA YORK, 27 DE OCTUBRE DE 1986, 11:55 P.M.

"…no sabe cómo detener la caída. O si quiere impedirla".

El Washington Square Park la recibe luego de un par de horas de caminata. Toparse con el Arco de la Libertad siempre la emociona, cruzar la inmensa arcada. Siente que hay algo heroico y conmovedor en los vestigios de la Antigüedad que sobreviven incólumes entre sus frisos. Rodeada de rascacielos modernos, la arcada se erige decidida a subsistir en este parque que delimita el ingreso a una zona muy particular de la ciudad: el Village y el Soho. La zona de las galerías de arte y de los grandes lofts donde los artistas despliegan su talento.

Sentada en un banco cierra los ojos dejándose bañar por los rayos del sol. Piensa. La propuesta de Bernardo de hacer un viaje a un país lejano no la tienta. Todos los esfuerzos que hace por devolverle la alegría caen en la nada. Él siempre está escapando, y ella no quiere escapar más. Tampoco sabe a dónde ir. Si bien los antidepresivos han hecho lo suyo, no han logrado quitarle el sinsentido a su vida. Piensa en la fecha de parto. Era esta semana, el veintinueve de octubre. Siente el dolor atravesándola. El hijo que no será. Se le revuelven las entrañas. No tiene que pensar en eso, ya lo sabe, se lo han dicho. Pero no puede evitarlo. Se lleva las manos al vientre intentando sentir el útero que ya no está. Las lágrimas caen.

Esta era su última oportunidad de ser madre, y la ha perdido. Como a su útero. "No hay viaje, no hay hombre, no hay nada en este mundo que pueda aliviarme este dolor", se repite a ella misma mientras abre los ojos y mira a la gente pasar.

Otro éxito para Bernardo. Ella sabe que él no quería este hijo. Que siempre la quiso toda para sí, en exclusividad. Así fue cómo hizo que fuera dejándolo todo. Abandonó la profesión y se dedicó a acompañarlo en sus viajes, a congresos y presentaciones de libros. El despegue vertiginoso de su carrera como escritor de libros de psiquiatría lo llevó a hacer presentaciones por todo el mundo, invitado especial en distintos congresos de salud mental.

Lo único que la ha motivado en estos años ha sido la fotografía. Ha acuñado miles de fotos, de todas las ciudades y culturas. Mientras él asumía el protagonismo sobre el escenario ella se refugiaba detrás de la cámara robando momentos ajenos. Testigo silenciosa de gestos y miradas clandestinas.

Un bebé hubiera sido un estorbo. Ella lo sabe. Sabe que Bernardo accedió a tener un hijo sólo para no perderla. Que cuando el embarazo se detuvo para él fue un alivio. Y lo odia por ello. Incluso se ha preguntado si era necesario que le sacaran el útero. Él dio el consentimiento, el cirujano era su amigo. No se anima a formularse seriamente esta pregunta por miedo a la respuesta.

Su mundo se está desmoronando ante sus ojos y no sabe cómo detener la caída. O si quiere impedirla.

3

Nueva York, 27 de octubre de 1986, 12:08 p.m.

"…iluminando por un instante la oscuridad".

Una atractiva mujer pasa frente a ella y le sonríe. Una sonrisa dulce, impregnada de un ligero aroma a rosas, iluminando por un instante la oscuridad. Rescatándola de la asfixia.

Responde a la sonrisa inclinando su cabeza en un gesto de complicidad. Dejándose tocar por la solidaridad femenina. Esa sustancia invisible y casi acuosa que conecta silenciosamente a las mujeres de todas las culturas, entrelazándolas. Hermanándolas en un inmenso abrazo que abarca todas sus diferencias hasta diluirlas.

Mientras la mujer retoma el paso luego de la pequeña digresión para salvarla Mariana le saca una foto. Camina de espaldas, el pelo tupido y ondulado le llega hasta la cintura, y el tapado blanco casi hasta los pies. Los zapatos de charol, altos, brillan impecables y sus manos se bambolean de un lado al otro con gracia, como siguiendo un ritmo. No lleva cartera. "Ella es libre", se dice Mariana con anhelo. Y se dispone a seguirla.

La misteriosa mujer desaparece al salir del parque en dirección al Sur. Mariana sigue sus pasos por la calle 4th East hasta La Guardia, adonde dobla a la derecha. Ella es mi señal, se dice olvidando los pájaros, y se propone seguirla. Luego de cuatro cuadras sin encontrarla llega a una esquina que llama su atención, y decide doblar a la derecha.

Este giro definirá su destino, precipitando el final y el comienzo de una nueva vida.

4

VIENA, ZOOLÓGICO DE SCHÖNBRUNN, 1792 D. C.

> *"…las rejas, la distancia de tres metros y*
> *el eslabón perdido los separan".*

Bernadette tiene dieciocho años. Es rubia, bonita. Sus enormes ojos azules parecen cincelados a la perfección por un artista y unos enormes pechos asoman a través del escote que intenta ocultarlos sin éxito mientras una parte de su pelo rubio y ondulado recogido en un rodete cae sobre sus mejillas, dándole un aire desprolijo y encantador.

Camina de la mano de su madre y su hermano. Es una calurosa tarde de verano. Ellas se protegen del sol con sus sombrillas y él camina serio y distraído, con el ceño fruncido, abstraído en pensamientos vanos aunque su apariencia indique lo contrario.

El zoológico donde se encuentran es la atracción del momento, el primero de su especie. Las familias viajan desde todos los puntos del país para disfrutar de la belleza de sus parques y ver de cerca los animales enjaulados.

Caminan lentamente comentando los preparativos para la fiesta que se aproxima, pero Bernadette no logra concentrarse en la charla. Hay algo en la tristeza del lugar que la perturba. Se pregunta si los demás percibirán lo mismo que ella, parecen todos tan contentos. Con los animales en sus jaulas, este le resulta un lugar desalmado. No importa cuán bellos sean sus parques, las rejas son rejas, y eso no cambia por más intentos que se hagan para disimularlo. Se solidariza con el encierro de los elefantes. "Como yo, no hay mucha diferencia entre ellos y yo" piensa.

En un mes se casa. Sus padres ya tienen todo resuelto. Su futuro esposo es un rico empresario veintidós años mayor que ella. Amable.

Educado. Pero viejo y repugnante. Aburrido. La sola idea de que la toque le produce escalofríos. En un mes será su esposa y estará obligada a tocarlo. A engendrar sus hijos, a pasear de su mano. No sabe cómo escapar.

—Pobres animales madre, me dan pena. Deberían ser libres, no vivir enjaulados.

—¡Qué dices Bernadette! Estos animales son muy afortunados, aquí están mejor cuidados que en ningún otro lado. Los alimentan. No tienen que luchar por su subsistencia. Tienen todo resuelto, y se los trata muy bien.

—Sí, pero no son libres. ¿Cómo sabes que no cambiarían esa seguridad por el riesgo de la selva?

La madre comprende el mensaje que se esconde tras las palabras aparentemente inocentes de su hija. Como una nota de socorro escondida entre las ropas sucias de una prisionera, enviada con la esperanza de ser rescatada. Así le resuenan sus palabras. Siente un dolor hondo en el pecho. La nota ha caído en las manos equivocadas. Ella no es esa alma generosa dispuesta a liberarla. Ella tiene siglos y siglos de temores sobre sí. No puede salvarla.

Le acomoda un mechón de pelo que cae sobre sus ojos susurrándole suavemente al oído:

—Ese es su destino hija, todos debemos cumplir con lo que nos toca. Hay que agradecer lo que la vida nos da. No hay que mirar lo que no nos da, sino lo que sí nos brinda. Ese es el secreto para ser feliz —pero para Bernadette, que está empezando su vida y es como un caballo salvaje frente a la inmensa pradera del otro lado de la cerca esto no es un consuelo. Agradece la compasión en la voz de su madre, pero no sus palabras.

Caminan en silencio. No encuentra la salida. Observa cómo las palabras caen en el vacío, diluyéndose sin remedio. Las suyas y las de su madre. No habrá encuentro. Se aferra aún más al abrazo buscando negar esta verdad y apoya su cabeza sobre su hombro, intentando quererla.

Se dirigen lentamente hacia el sector de los gorilas. La jaula es inmensa. Hay rocas enormes desperdigadas por todas partes y una gran cueva al fondo. Desde allí desciende una pequeña cascada de agua que cae en un lago adonde varios gorilas pequeños se están dando su baño diario. Se higienizan los unos a los otros en un ritual solidario que se viene repitiendo hace siglos. Bernadette observa abstraída la belleza del momento cuando el gorila macho dominante asoma su cabeza desde el fondo de la cueva. La observa.

El encuentro de miradas es extraño. La intensidad y la certeza en los ojos de él lo hacen parecer humano. Sus gestos. Los rasgos de su cara. A Bernadette el corazón le da un vuelco en el pecho cuando el animal se acerca hacia ella de imprevisto. En cuatro saltos precisos está parado enfrente, observándola.

Al principio duda, mira a su alrededor buscando el motivo de este sorpresivo movimiento, intentando encontrar una explicación que no la involucre. Pero ante las carcajadas y los comentarios de todos confirma que la razón es ella.

—Sos irresistible —dice su hermano sonriendo—. ¡Hasta para los monos!

La mirada del gorila le resulta perturbadora. Sus manos son esponjosas y enormes, y se agarran a los barrotes de la jaula con decisión. Bambolea su cara de un lado a otro mientras emite sonidos guturales e incomprensibles. Corre hacia un árbol y se cuelga de la rama más alta meciéndose con un solo brazo para hacer gala de su destreza y su fuerza. Gira, salta, se cuelga y recorre cada rama hasta llegar a una pequeña flor que asoma tímidamente desde una enredadera. La arranca de cuajo y se dirige hacia la joven con la flor en la mano.

Bernadette y su grupo los observan en silencio. Todos observan en silencio, incluso los demás gorilas. La flor es simple y hermosa, y resplandece en sus manos.

Ella sonríe con ternura extendiéndole la mano sin temor. Pero las rejas, la distancia de tres metros y el eslabón perdido los separan, irremediablemente. No hay manera de llegar a esa flor.

Se miran hondamente, en silencio. Sin comprender realmente el significado del encuentro.

Cuando la ve alejarse arrastrada con premura por su madre hacia una vida no elegida él se aferra desesperado a los barrotes de la jaula haciéndolos trepidar con fuerza. Se despide golpeando su pecho, con violencia, como a un tambor de guerra. Un aullido desesperado mitad animal, mitad humano.

Ella mira hacia atrás con curiosidad y tristeza anticipada, dejándose llevar por su familia. Regalándole una última sonrisa.

Así, cada uno retornará a su jaula.

A recordar y a olvidar en soledad.

5

Nueva York, 27 de octubre de 1986, 12:22 p.m.

…melodioso y atrayente. Magnético enigma"

"Mariana camina concentrada en la música que resuena en su *walkman*. Una ópera. La voz de una mujer, potente y armoniosa, expresa cosas que no comprende pero le llegan al alma. El encuentro reciente con la mujer del parque sumado a la profundidad de esta voz la hace sentirse repentinamente nueva, sostenida. La soledad se disuelve. La luminosidad en lo que la rodea comienza a manifestarse. Como si un velo gris se corriera dejando pasar la luz del día, y lo que antes era opaco y oscuro se volviera resplandeciente.

Camina observando sus pies y siguiendo el ritmo de la música, acompañada sin saberlo por todas la voces femeninas de su historia. Una niña que viene del brazo de su madre la choca. Es rubia, usa trenzas. Le recuerda a alguien. La hija que no tuvo, tal vez. La mira alejarse por la vereda.

Cuando se dispone a seguir su camino su mirada se posa en el escaparate de una galería de arte. A lo lejos, cruzando la calle, ve un cuadro que llama su atención. Es un cuadro enorme y resplandeciente. Por momentos le parece ver en él a una mujer, y por momentos un pájaro. Cruza la calle para acercarse a mirarlo mejor. A medida que lo hace va enfocando la mirada y el personaje del cuadro cobra nitidez, casi vida.

Es una mujer mitológica, mitad mujer, mitad pájaro. Flota en un paisaje de ensueño sin dificultades, con una gran sonrisa. Simplemente allí, presente, con sus alas extendidas. El pelo rubio y largo oculta sus pechos desnudos. Le recuerda a Afrodita, o a la Venus de Milo, pero en vez de estar sobre un caracol posee un cuerpo alado.

Algo en la imagen le resulta familiar. No sólo la cara de la mujer (que es inquietantemente parecida a ella) sino algo en las pinceladas del autor que le resultan conocidas, aunque no logra recordar de dónde. Como un paisaje familiar que resuena en la oscuridad de la memoria, pero uno no logra ubicar con claridad su origen.

Decide entrar. Recorre la sala mirando los cuadros de la galería acompañada por la música y tratando de procesar la perplejidad que le ha producido el cuadro de la mujer alada. Intenta recordar, pero cuanto más lo intenta más se le escapa.

Se dirige hacia el fondo de la galería, hacia la exposición anunciada en la cartelera de la entrada. Cuando ingresa en la sala y ve los cuadros expuestos inmediatamente siente en el cuerpo algo que no logra explicar. Una sensación extraña, placentera y perturbadora. Como si ingresara dentro de una dimensión desconocida adonde todo era nuevo, hasta los olores. Con códigos distintos. Un lenguaje a descifrar, melodioso y atrayente.

Magnético enigma.

6

Nueva York, 27 de octubre de 1986, 12:34 p.m.

"…tus pájaros volaron alto, y se hicieron libres…".

Al lado de la puerta de ingreso a la sala, sobre un taburete, descansa un afiche enmarcado con los datos del autor. Intrigada, Mariana se acerca a leerlo.

El afiche dice: Nicolás Urrutia. Argentino. Veinticinco años.

Desde una foto acartonada un hombre joven de mirada profunda se muestra decidido. Mariana siente que se le detiene el corazón en el pecho. Lo reconoce al instante: "Es Nicolás. ¡El pequeño Nicolás!". No acredita lo que está viendo. Nicolás se ha transformado en un hombre. Ya no quedaba nada del niño que fue. Se lo ve entero, confiado. Un pintor consagrado exponiendo en Nueva York. Impresionante. Lo ha logrado… Ha logrado desplegar su arte, y salvarse.

La embarga una profunda emoción. Sin darse cuenta acerca sus manos hacia la foto para tocarlo. Siente alegría, entusiasmo, orgullo. Y una extraña melancolía. Está totalmente enfrascada en ese torbellino de emociones cuando se le acerca una mujer alta y bien vestida, de unos setenta años. Es elegante, cálida y al mismo tiempo altiva. Mariana se saca los audífonos para guardalos en su cartera.

—¿La puedo ayudar en algo señorita? —pregunta amablemente la mujer en inglés, pero con un marcado acento alemán. Mariana agradece internamente el "señorita" mientras retuerce un mechón de su pelo rubio y sonríe. La simpatía entre ambas es instantánea.

—Sí, buenas tardes, me preguntaba si podré dejarle una nota al autor de esta exposición, es un viejo amigo. ¿Usted lo conoce? —responde ella con su inglés aporteñado, que todos confunden con vestigios de italiano.

—Por supuesto, Nicolás. Yo lo apadrino. Déjeme la nota, que yo se la entrego personalmente.

Mariana intenta escribir una nota sobre su cartera, entre apurada e inhibida. Entonces la mujer la invita a pasar a su escritorio detrás de un biombo chino para que se siente a escribir tranquila. Le dice que se tome el tiempo que necesite, y luego se retira dejándola a solas con sus pensamientos.

Escribe y reescribe la nota varias veces, hasta finalmente concluir: "Nicolás, soy Mariana Iturralde, de Buenos Aires. Pasaba por aquí y descubrí tus maravillosos cuadros. No sé si te acordarás de mí después de tantos años... Yo te recuerdo con cariño, y realmente me alegro muchísimo por tus éxitos. Veo que tus pájaros volaron alto, y se hicieron libres. ¡Te felicito!".

Se dirige hacia la mujer mayor que recibe la nota con una sonrisa y un apretón de manos.

—Los amigos de Nicolás son mis amigos. Yo me encargaré personalmente de dársela. Mira el papel, y duda unos instantes.

—¿Hay algún teléfono donde él pueda comunicarse con usted? Disculpe la indiscreción, si bien no sé leer en castellano, no pude evitar notar que no hay un número de teléfono adonde Nicolás pueda comunicarse... —Mariana lo piensa y sonríe. Luego agrega en la nota el número de teléfono de su casa aclarando el horario en que puede encontrarla para asegurarse de que sea un horario en el cual Bernardo no esté.

—Permítame decírselo aunque parezca entrometida, pero por el parecido asombroso que usted tiene con la mujer-pájaro del cuadro, estoy segura de que Nicolás querrá ponerse en contacto con usted.

—¿Le parece? Yo tuve la misma sensación, pero no sabía si era así... Soy parecida a la mujer del cuadro ¿no es cierto?

—Es notablemente parecida mi querida... Más bien yo diría que la mujer del cuadro es notablemente parecida a usted. Es un honor para mí conocer a la musa inspiradora de uno de los mejores cuadros de Nicolás. ¡Y en persona! Mi nombre es Yutta, encantada —la mujer vuelve a extender su mano.

—Mi nombre es Mariana. El placer es mío Yutta.

Se sonríen cómplices, sellando un pacto que durará toda una vida.

7

NUEVA YORK, ATARDECER DEL 27 DE OCTUBRE DE 1986

"…en el mundo de sus sueños esta va cobrando vida…".

Mariana regresa a su casa feliz, sorprendida. Siente que vuela en el camino de regreso. Esta noche Bernardo volverá a verla sonreír después de mucho tiempo, y creerá que la propuesta del viaje ha dado resultado. Dejará que lo crea.

Se va a dormir ansiosa, esperando que ya sea mañana. Busca una excusa para disculparse y acostarse temprano. Se dice que es una locura tanto entusiasmo, que no logre controlarse. Nicolás es una criatura, probablemente ni la recuerde, o tenga un recuerdo vago y distorsionado de ella. No tiene sentido lo que está sintiendo. Debe ser por el dolor, o la necesidad de escapar.

El pasado aparece así, milagrosamente, a través de un cuadro, y quiere leerlo como una señal. Tal vez es hora de volver a Argentina. Tal vez sea eso: extraña sus raíces, y quiere el contacto con un argentino que no sea Bernardo o su círculo de amigos (compatriotas radicados hace años, que reniegan del país y no hacen más que agradecer haberse ido). "¿Qué estoy buscando? ¿Por qué estoy tan ansiosa por una respuesta de esta criatura? Parecía un hombre en la foto, y talentoso por cierto... Pero no deja de ser un niño".

Se duerme con la imagen de la mujer alada en la cabeza, y a medida que se desliza en el mundo de sus sueños ésta va cobrando vida y movimiento.

Suceden cosas dentro del sueño, cosas interesantes que al despertar ya no recuerda.

8

NUEVA YORK, 28 DE OCTUBRE DE 1986, 11:00 A.M.

"Retornar a la seguridad de su vida.
Alejarse del peligro...".

Después de horas de ansiedad y espera el teléfono suena. Son las once de la mañana, el horario exacto en que comienza la franja horaria sugerida. Mariana lo deja sonar deliberadamente cuatro veces y atiende.

—Buenos días, ¿Mariana? —arriesga él. Reconoció su voz al instante.

Ella duda, definitivamente esta es la voz de un adulto que no concuerda con la imagen del niño que conoció hace casi doce años, ni la del hombre de la foto.

—Sí, soy yo. ¿Quién es?

—Soy yo. Nicolás —silencio eterno—, Nicolás Urrutia. Ayer Yutta me dio tu nota. ¿Cómo se te puede ocurrir que no me iba a acordar de vos Mariana? Acá la única con mala memoria sos vos. —Sonrisa silenciosa a ambos lados de la línea—. No te imaginás lo que esperé este momento. Te pinté para que me encontraras. Me vine hasta New York para que me encontraras. Para encontrarte. No te voy a decir que me hice pintor para encontrarte, porque ahí te mentiría. Pintar me salvó la vida, esa es la verdad... Pero fuiste vos quien me ayudó a encontrar esa maravillosa tabla de salvación cuando me conseguiste la beca con Noé. ¿Te acordás? Nunca lo olvidé, y siempre te voy a estar agradecido por eso. Entre otras cosas...

Mariana siente alivio y temor. Es Nicolás, sin lugar a dudas, el mismo Nicolás de siempre, no ha cambiado ni un poquito. ¿Eso será bueno o malo? Teme defraudarlo. "Me sigue idealizando. No tengo que verlo. Tengo cuarenta y dos años, mejor que me conserve en su memoria como me vio la última vez. Si me ve ahora, le voy a recordar a su madre. Me hará sentir más vieja de lo que ya me siento. No necesito esto. No sé en qué estaba pensando cuando creí que este encuentro podría salvarme de algo. ¿Salvarme de qué? Dentro de todo mi vida es aceptable. Sólida. Mi marido es un profesional exitoso que me ama. Daría su vida por mí, y eso es real. No las fantasías delirantes de este chico que por más talentoso que sea, no deja de ser un psicótico. Es verdad, estamos en crisis con Bernardo, pero nada que no podamos resolver con un poco de paciencia y compromiso. ¡Dios mío, en qué estaba pensando cuando le dejé mi teléfono a esta criatura!".

—Cómo estás Nicolás, tanto tiempo. ¡Qué alegría escuchar tu voz! —la voz impostada de Mariana resulta chocante y desubicada, incluso para ella. Tiene que terminar este diálogo lo antes posible. Retornar a la seguridad de su vida. Alejarse del peligro.

Nicolás percibe inmediatamente los pensamientos detrás de sus palabras y se calla. Silencio incómodo.

—Me agarrás justo saliendo de casa Nicolás, pero uno de estos días me encantaría que nos encontráramos a tomar un cafecito y ponernos al día. Que me cuentes de tu vida ¡Cómo lograste llegar hasta aquí! Fue una gran sorpresa cuando vi tu cuadro en el Soho. Yutta, un encanto de mujer por cierto, me sugirió que te dejara mi teléfono. —Intenta deslindarse de la responsabilidad—. Me alegro tanto por vos Nicolás, realmente —. Estas últimas palabras fueron las únicas sinceras.

—Gracias Mariana. A mí me gustaría mucho verte, encontrarnos aunque sea un rato...

—Bueno, a mí también. Ya sos todo un hombre, te vi en la foto en la galería. Uno de estos días hablamos ¿dale? ¿Dónde te puedo ubicar?

Nicolás hace una pausa y le pasa su número de teléfono, aunque sabe que ella no va a llamarlo.

Al cortar la comunicación le tiemblan las manos. "Dios mío, qué capacidad ha tenido siempre este chico para perturbarme. Sin duda es una buena decisión no verlo, ya no estoy para estos trotes" piensa, mientras recuerda la traumática experiencia con un amante hace unos años. Se prometió entonces nunca volver a cometer el mismo error, e intenta recordárselo.

Decide salir a caminar por el parque satisfecha con sí misma. Al menos por un rato.

9

Nueva York, 29 de octubre de 1986, 8:12 a.m.

*"…sigo soñando con príncipes valientes en caballos blancos,
debería darme vergüenza".*

De haber continuado con el embarazo hoy hubiera sido la fecha de parto. Se levanta temprano, y triste. Anoche tuvo un sueño que no logra recordar con claridad:

Vagaba por una gran ciudad, luminosa y mágica, como la ciudad de un libro de su infancia: El ladrón de Bagdad. *En la fábula un príncipe en su caballo alado rescataba a una princesa en apuros. En su sueño ella vagaba por las calles de Bagdad buscando algo, tal vez al príncipe, recorriéndolas como perdida dentro de un gran laberinto. Cuando estaba a punto de encontrarlo surgía un imprevisto que se lo impedía. Se despertó agitada.*

Piensa en el significado del sueño mientras mira el techo abstraída en sus pensamientos. Bernardo ya se ha ido. No recordó la fecha, ni la importancia que tenía para ella. El anhelado hijo.

"Pasaron tantos años y sigo soñando con príncipes valientes en caballos blancos, debería darme vergüenza", se dice mientras se dirige hacia el baño. Decide que no puede enfrentar el día, mejor vuelve a la cama. Abre las cortinas y deja pasar el calor del sol antes de zambullirse nuevamente bajo el edredón. Desde allí mirará las horas pasar.

A las once en punto suena el teléfono:

—Mariana, soy Nicolás, necesito encontrarme con vos, por favor. No me digas que no. Tengo algo para darte, y es importante para mí. Donde vos quieras.

Mariana duda. La desesperación en su voz, sumada a la somnolencia bajo la calidez del edredón la debilitan.

—¿Ubicás el sector egipcio en el Metropolitan Museum, el que tiene los ventanales inclinados y la fuente con agua, cerca de las momias?

—Por supuesto.

—Ahí, hoy, a las cinco de la tarde. Es viernes, así que cierra más tarde.

—Ahí estaré Mariana. Gracias.

"¿Qué hice?" se preguntará luego. Pero será tarde.

10

NUEVA YORK, 29 DE OCTUBRE DE 1986, 4:06 P.M.

"…la belleza en todo lo que la rodea la impregna".

La tarde fría y soleada la recibe en un contundente abrazo. Lleva puesto el mismo tapado que usó la última vez que lo vio. Lo conservó todos estos años porque fue su tapado preferido durante mucho tiempo, y por motivos que ni ella misma entiende. Hoy ha decidido ponérselo.

Se dirige hacia el museo con apuro. Diez cuadras la separan de su destino. Camina rápido porque quiere llegar antes de lo pactado. Necesita darse tiempo para llegar, y que el alma la acompañe.

Siempre que va al MET se dirige directamente a la sala de August Rodin y se instala en un banco allí a mirar las esculturas. Para ella es la antesala al mágico mundo del pasado. Necesita quedarse allí, hipnotizada, observando cómo las esculturas prácticamente respiran. Entonces su percepción se abre, se vuelve receptiva, y la belleza en todo lo que la rodea la impregna. Como si fuera uno de los pasos de un ritual que elaboró un día, como al descuido, y ya no puede alterar. Hoy lo necesita más que nunca.

Se queda mirando "El beso" un largo rato, resonando en él, perdiéndose en ese abrazo.

Luego se dirige hacia el sector de los egipcios adonde los grandes ventanales inclinados dejan pasar los últimos rayos del sol despidiendo el día.

Se sienta a esperar.

Respira.

11

Nueva York, 29 de octubre de 1986, 5:00 p.m.

"…abrazados, sintiéndose. Ignorando el mundo".

Nicolás ingresa por la puerta a las cinco en punto prácticamente corriendo y algo agitado. Viste de negro. Se dirige hacia ella como en cada uno de los encuentros del pasado: decidido. Pero esta vez sonríe.

Cuando llega al borde del lago aminora el paso. Suspira aliviado. Luego de recuperar el aliento finalmente se detiene, mirándola en silencio.

Ella le sonríe intentando ocultar su tristeza, pero no lo logra. Él se acerca, la toma de las manos, se las besa con suavidad.

—Tanto tiempo Mariana ¿cómo estás? ¡Estás igual! Hasta el mismo tapado… Pero te ves tan triste mi vida… ¿Qué paso? —Mariana le sonríe frunciendo los labios.

La mira con ternura, le acomoda el pelo tras la oreja mientras le pasa los pulgares sobre sus cejas, como dibujándoselas. Se detiene en sus labios.

Cada gesto tiene la naturalidad de lo familiar, como si nunca se hubieran despedido.

Sus gestos la desarman. Aunque se lo propusiera, no tendría dónde ocultarse.

—Sos tan linda Mariana. Seguís siendo tan bonita. —La abraza. Ella se aferra a él hundiendo la cabeza en su pecho. Ya no es el pecho de un niño. Ahora es el pecho cálido y amplio de un hombre. Se siente como un viajero, extenuado y hambriento, que finalmente ha encontrado un puerto donde descansar. Un lugar seguro adonde soltar sus escasas pertenencias, darse un buen baño caliente, y comer. Comer y beber después de siglos.

Esta vez es ella quien llora.

Se acomoda contra su pecho y un río de lágrimas corre por encima de la chaqueta negra de él. Un bautismo.

Él la abraza con fuerza, la acaricia. Le susurra canciones al oído que surgen desde el trasfondo de los tiempos. Melodías que tiempo atrás lo salvaron, y ahora estaban aquí para salvarla. Así se mecen imperceptiblemente, dejándose llevar por el ritmo de estos sonidos que en un espiral ascendente los va elevando, hasta dejarlos libres.

La gente pasa y los mira, pero ellos se quedan abrazados ignorando el mundo.

12

NUEVA YORK, 29 DE OCTUBRE DE 1986, 5:38 P.M.

"…se quedaría a vivir dentro de este momento".

Luego llegan las palabras. Las explicaciones. Se sientan en un banco. Ella le cuenta cómo se extravió en estos años, y él le cuenta cómo encontró el camino.

Empieza Mariana. El hijo que no pudo ser, los celos de Bernardo, la profesión que abandonó sin sentido. Él la escucha atentamente, sin juicios. Absorbiendo cada palabra como si fuera un tesoro invaluable que hay que cuidar y resguardar, atento a no dejar caer ninguna. Cuando termina le agarra la mano izquierda y se la besa. Luego la derecha. Luego las dos juntas.

Nicolás le cuenta cómo logró salir del psiquiátrico y transformarse a sí mismo, y ella llora. Llora de emoción y de alegría.

Le describe los arduos años intentando exorcizar sus recuerdos, perdiéndose y encontrándose en sus cuadros. Relata en detalle la odisea que lo llevó a recorrer continentes buscándola, buscándose. Mariana lo escucha atentamente. Sonríe, llora.

Cuando él termina su relato ella lo besa en la frente, luego en los ojos. Duda unos instantes y lo besa en la boca. Ligeramente, con los labios entreabiertos. Un beso tímido que los toma a los dos por sorpresa.

Nicolás se detiene a mirarla y luego le responde, pero esta vez con un beso húmedo y decidido. Ella se entrega. Están perdidos en sus sensaciones cuando anuncian por los altoparlantes que el museo está por cerrar.

—Te traje un regalo que no pude darte antes porque me lo retuvieron en la entrada, por eso me demoré y llegué tan agitado. Ya son casi las nueve, tenemos que ir al *lobby* a buscarlo —dice él rompiendo el hechizo. La dimensión temporal reingresa en sus vidas, a su pesar.

Ella se quedaría a vivir dentro de este momento. No quiere salir del museo, ni retornar a su vida.

13

NUEVA YORK, 29 DE OCTUBRE DE 1986, 9:06 P.M.

"…como si fuera su bien más preciado: el hijo que no tuvo".

El regalo es el cuadro de la mujer alada. Está envuelto en un inmenso papel violeta con un gran moño rojo. Un moño bello y perfecto, que él mismo hizo con sus manos.

—No lo abras todavía. Abrilo cuando llegues a tu casa. Ella sabe qué se esconde tras el moño. Sonríe. Agradece.

Se despiden fundiéndose en un abrazo sobre la escalinata del museo, apoyados contra la baranda. Las manos de él la buscan. La respiración de ella se agita.

Entonces de repente acomoda su cartera y se reclina torpemente sobre el cuadro para agarrarlo. Tiene que irse, forzar la despedida. A su pesar.

Nicolás se dirige hacia la boca del subte para volver al Soho.

Mariana camina despacio con el cuadro entre las manos, cargándolo como si fuera su bien más preciado: el hijo que no tuvo.

Qué misterioso es el destino, se dice mientras camina rumbo a su casa lentamente para saborear el momento.

Al llegar a la puerta de su edificio cae en la cuenta de lo que se aproxima. Se pregunta qué hacer con el regalo, dónde esconderlo. Cómo hacer para enfrentar a Bernardo.

14

NUEVA **Y**ORK, 29 DE OCTUBRE DE 1986, 9:52 P.M.

"Los ojos vidriosos por el alcohol y por el llanto".

Al ingresar Bernardo la espera recostado sobre su sillón preferido escuchando la Quinta Sinfonía de Beethoven. Agita los hielos dentro del vaso de whisky, la mira. Está furibundo, pero no quiere demostrarlo.

Ella le ha entregado el cuadro al portero con la indicación de que sea discreto y se lo guarde hasta mañana. Piensa esconderlo en la baulera para después ver qué hacer con él. En realidad este es el menor de sus problemas. No sabe qué va a hacer con su vida.

—¿Dónde estabas Mariana? Nunca volvés tan tarde, me tenías preocupadísimo —le reclama.

—Estaba en el Met. Me quede hasta que cerró. Necesitaba pensar Bernardo, perderme en el pasado. Ya sabés que a mí me hace mucho bien, lo necesitaba. —Guarda las llaves en su cartera evitando mirarlo. Él se levanta.

—Sí, pero me podrías haber avisado, ¿no? Es una falta de respeto que me tengas hasta esta hora esperándote, sin saber dónde estabas y con la tremenda inquietud de que te hubiera pasado algo.

Mariana siente cómo se inflama. Ahora sí, lo mira.

—Falta de respeto es que te hayas ido esta mañana sin saludarme Bernardo, ni una nota me dejaste. Hoy era un día doloroso y especial, y ni lo recordaste. —Bernardo se queda boquiabierto, sorprendido—. ¿Querés que hablemos de falta de respeto? Falta de respeto es tu ausencia total de interés por lo que me pasa, tu necesidad de que todo gire en torno a vos, de tus necesidades...

Tu no registro absoluto de otra cosa que no seas vos mismo. Tu egoísmo. Tus celos sin sentido.

Bernardo la escucha dándose tiempo para encontrar un argumento. Mariana de pronto ha encontrado todos los argumentos.

—No me hagas hablar más Bernardo, estoy cansada. Hablemos mañana, hoy fue un largo día. Me voy a dormir.

Él corre hacia el pasillo para cerrarle el paso. Intenta abrazarla. Ella lo rechaza.

—Disculpame Mariana, lo olvidé, es verdad... Olvidé la fecha, pero no seas injusta. Vivo para vos. Mi vida gira en torno a vos. Tus reclamos no tienen ningún sentido, y lo sabés —la toma de las manos—. Estamos agotados mi amor, pasamos momentos muy difíciles en estos últimos tiempos, pero vamos a recuperarnos, ya vas a ver. Justamente hoy quería darte una sorpresa. Estaba ansioso porque llegaras para mostrártela —le acaricia el pelo—, ya tengo todo arreglado para que nos vayamos a Buenos Aires un mes entero, en diciembre, para las fiestas. Así visitamos a la familia. ¿No es lo que querías? Volver a recargar energías, reencontrarte con tu gente. Yo sé que los extrañás, aunque no me lo digas...

Mariana lo mira. Lágrimas enormes comienzan a brotar de sus ojos. Suspendidas en el tiempo, se balancean en sus pestañas negándose a partir. Dos o tres lágrimas inmensas, solitarias, que finalmente caen dejando tras de sí una estela húmeda y sombría.

Le acaricia la frente con el dorso de una mano, con tristeza infinita. Piensa: "Tarde Bernardo, tarde. Cuánto lo siento. Cómo quisiera que todo esto hubiera sido distinto, que no hubiera pasado. Pero ya es tarde". Se retira.

Bernardo la mira alejarse por el pasillo, de espaldas a él. Con una mano apoyada contra la pared para no perder el equilibrio piensa: "La pierdo, la estoy perdiendo" y vuelve al living tambaleando. Se sirve otro whisky. Pone a Mozart, el réquiem. Se sienta frente al ventanal a mirar las luces de la ciudad a lo lejos.

Los ojos vidriosos por el alcohol y por el llanto.

15

NUEVA YORK, 30 DE OCTUBRE DE 1986, 8:20 A.M.

"…siente cómo la pena y la esperanza la atraviesan…"

A la mañana siguiente Mariana espera a que Bernardo se vaya a trabajar para levantarse de la cama. Corre hacia la planta baja para recuperar el cuadro y sube con él bajo el brazo, nerviosa. Se dirige hacia el lugar más privado de la casa: el baño. Se encierra allí.

Abre cuidadosamente el paquete. Mientras acaricia el moño rojo lo huele y cierra los ojos. Recuerda el aroma de Nicolás, la calidez de su cuerpo, la fortaleza de sus brazos. El vértigo la marea.

Rompe el papel violeta con ansiedad, anticipando el encuentro. Es la mujer-pájaro del cuadro, más bella de lo que recordaba, resplandeciente. Algo en su sonrisa y su desnudez la conmueven. La toca. La huele. Se reconoce en ella.

"Si yo pudiera ser así, como él me ve, encontraría la salida. Pero estoy tan lejos de serlo…" piensa. Y siente cómo la pena y la esperanza la atraviesan, mezclándose con esa extraña inquietud que desde siempre la ha perturbado. Desde aquel primer abrazo aquella tarde de tormenta.

Se queda mirándola, abstraída.

Luego vuelve a cubrirla, esta vez con una gran chalina de seda que trajo de la India, y la esconde en el fondo de su vestidor para protegerla allí de miradas indiscretas. Anidando paciente dentro de un suave útero hecho de flores y amaneceres.

Aún no está lista para volar, desplegar sus alas.
Ya lo estará.

16

Nueva York, 30 de octubre de 1986, 11:00 a.m.

"Él la escucha, cierra sus ojos y calla".

A las once en punto suena el teléfono. Esta vez no espera para atender.

—Hola Mariana —la voz de él suena tierna y confiada, serena.

—¡Hola Nico! Esperaba tu llamado. Quería darte las gracias por el cuadro. Es el regalo más lindo que jamás recibí en mi vida, te juro. Estuve mirando a la mujer alada, y me conmueve tanto. No puedo parar de mirarla. En realidad acabo de esconderla, ya veré qué hago con ella, dónde la pongo... No me alcanzan las palabras para agradecerte, de verdad.

—No las necesitás —interrumpe él—. La pinté para vos, ese cuadro nunca fue mío. ¿Llegaste bien anoche? Me quedé preocupado.

—Sos un divino. Sí, llegué bien. Un poco perturbada, pero bien.

—Hoy tengo una entrega importante por la tarde y voy a estar trabajando en eso todo el día, pero me preguntaba si querrías venir mañana a conocer mi casa. Puedo cocinarte. Mimarte. Pintarte. Lo que vos quieras.

—Por supuesto. Ahí estaré, nada podría impedirme ir. ¿Está bien para vos a la una de la tarde?

—¡Perfecto! —responde él, entusiasmado—. Quiero agasajarte. Decime qué es lo que más te gusta comer, que te lo hago. Lo que sea.

—¿Lo que sea? ¡Lo que vos quieras! Me alcanza con tu entusiasmo.

Intercambian dichos propios de amantes que recién comienzan a serlo. Silencios cargados de expectativas.

Antes de colgar ella le dice: "Nicolás... Gracias".

Él la escucha, cierra sus ojos, y calla.

17

Nueva York, 31 de octubre de 1986, 11:55 a.m.

"…cubriendo su desnudez
con sus pétalos y sus perfumes".

La ciudad se prepara para la noche de Hallowen y Mariana para el encuentro.

Las vidrieras muestran todo tipo de paisajes. Brujas. Monstruos. Magos. Calabazas enormes y hechizos. Mariana camina capturando imágenes con su cámara. Hoy no camina sin rumbo.

Lleva puesto su perfume preferido, unos pantalones ajustados y un *sweater* blanco. En noches de brujas le gusta vestir de blanco. Le ha dedicado toda la mañana al ancestral ritual femenino de embellecerse, y se siente confortable con los resultados.

Camina pensando en el sueño de anoche.

El lago no es profundo, sus aguas son cristalinas. La rodean mujeres de la tierra, mujeres de color. Una de ellas peina su pelo, otras la bañan con dulzura. Vierten agua desde jarrones de barro sobre sus pechos y brazos desnudos, mientras frotan en su piel sustancias desconocidas. Flores blancas y perfumadas flotan sobre la superficie del lago. El agua les llega a la cintura.

La mujer que peina su pelo deber ser de su edad, y es muy bella. Le acomoda una flor detrás de la oreja mientras sonríe. Al hacerlo dos hileras magníficas de dientes blancos y perfectos asoman para iluminar su sonrisa.

De pronto su boca toma proporciones desmesuradas transformándose en un inmenso umbral, una ventana abierta hacia el otro mundo. Eso es la boca abierta y sugerente, una invitación. Su lengua rosada y esponjosa asoma seductora y Mariana ingresa de un salto sobre ella, sin dificultad. Se acomoda, se deja tragar.

La caída por la tráquea es rápida y vertiginosa. Un túnel húmedo y oscuro por donde se desliza con confianza hacia el interior de sus vísceras.

Al final del descenso la espera una selva impenetrable. Puede sentir el bullicio de una infinidad de pájaros y el abrazo ardiente de la humedad. Una selva inmensa, misteriosa, escondida desde siempre, insondable y generosa.

Y en el centro de la selva, en un claro, una rosa.

La rosa es imponente. Se erige hacia el cielo orgullosa y magnífica. Debe medir unos diez metros, y su color es rojo intenso. La vegetación se aparta ofreciéndole un lugar adonde crecer tranquila mientras unos rayos difusos la iluminan tiñéndola de misterio. Una frágil criatura, poderosa, amparada por la oscuridad.

Las espinas ofician de escalera, Mariana decide subirla. Trepa con determinación para llegar a las alturas. Se siente ágil y liviana, capaz de escalar. No mira hacia atrás en el ascenso, y finalmente lo logra.

Por encima de la selva la flor se mece imperceptiblemente. Sus pétalos son suaves y aterciopelados. Se dispone a descansar sobre ellos recostándose sobre su cálido regazo y cubriendo su desnudez con sus pétalos y sus perfumes. Dejándose acunar.

Cae en un sueño profundo.

Camina por las calles de Nueva York mientras se dice emocionada ante la belleza del sueño: "Este ritual es un umbral".

Camina tranquila, confiada.

Aún mecida.

18

NUEVA YORK, 31 DE OCTUBRE DE 1986, 12:55 P.M.

"Como si vinieran amándose desde hace siglos".

El edificio es antiguo, de ladrillos. Las escaleras de emergencia que lo rodean son de hierro. Cuando ingresa al *hall* de entrada el ascensor le recuerda al de su abuela: una inmensa jaula mitad ascensor, mitad montacargas que al llegar al cuarto piso se detiene abruptamente sobresaltándola. Sonríe. Se baja.

Se está acomodando el pelo y juntando valor para tocar el timbre cuando la puerta se abre tomándola por sorpresa. Es Nicolás, que escuchó el ascensor y corrió a recibirla.

La mira, le sonríe. La abraza. Sus gestos son tranquilos y pausados. Viste de negro y está recién bañado, tiene el pelo mojado. Al verlo allí parado le resulta sencillamente irresistible. Como nunca.

Se quedan abrazados bajo el dintel de la puerta, inmóviles. Sintiéndose. Ninguno de los dos tiene apuro. Él la espera desde siempre, y quiere disfrutar de este momento paso a paso. Sin perderse nada. Ella se deja llevar.

Luego de permanecer abrazados un rato Nicolás comienza a bajar las manos hacia su cintura hasta llegar al borde de sus nalgas. Allí se detiene acariciándoselas despacio, saboreándolas.

Mientras una mano se detiene en la base de su columna la otra comienza a subir por su espalda. Busca el pelo. Lo frota, lo acaricia. Luego la besa. Le besa el cuello, la oreja, las mandíbulas, desciende por su cuello hasta el hombro y sus pechos. Sube el *sweater* para saborear su piel.

Entonces se arrodilla y apoya la cara sobre su abdomen, aferrándose a sus caderas. Mariana le revuelve del pelo cerrando los ojos y abriendo la boca, elevando el rostro hacia el cielo.

Cuando Nicolás toma conciencia de que todavía están afuera del departamento se levanta para dar unos pasos hacia adentro, arrastrándola consigo. Cierra la puerta con el pie.

Mariana se queda con la espalda apoyada contra la pared, conteniendo el aliento. Expectante. Recién ahora observa el interior del loft.

Él le toma la cara entre sus manos. Se aproxima suavemente hasta su boca, sintiendo su respiración. Luego la besa despacio. La besa y se detiene. La mira. Una, dos veces. Incrementando la intensidad de los besos de a poco.

Ella responde a sus besos con los ojos cerrados, las manos palpando su espalda y sus glúteos.

Los cuerpos se entrelazan, las respiraciones se agitan. La ropa cae.

Una vez desnudos él se aleja para mirarla. Sonríe. Se abalanza sobre ella y la levanta por el aire revoleándola. Riendo a carcajadas ella se aferra con las piernas a su cintura. Caminan jugueteando hasta la cama y terminan aterrizando violentamente sobre ella.

Se besan, se tocan, se miran. Se buscan los puntos sensibles el uno al otro, se investigan.

Luego él la besa toda. La lame, la recorre, la huele. Su olor le resulta irresistible. Se detiene en su sexo para masajearlo buscando sonidos. Ella se retuerce y gime. El placer abre las puertas.

Sonríen.

—¿Dónde aprendiste a hacer todo esto por Dios? ¡No parás de sorprenderme Nicolás! —exclama Mariana.

—Vos me lo estás enseñando mi amor.

Agradecida, ella responde lamiéndolo y besándolo. Empieza por el pecho y termina en su sexo. El talento de todas las hembras de su especie, expresándose a través de su boca. Él se entrega con los ojos cerrados y los brazos abiertos.

Cuando finalmente la penetra se sincronizan al instante, cabalgando un ritmo propio y sorprendentemente afín. Disolviéndose en él.

Como si vinieran amándose hace siglos.

19

Nueva York, 31 de octubre de 1986, 4:12 p.m.

*"Se miran a través del humo del café
y del llanto en los ojos de ella".*

—Los cuerpos recuerdan. ¿Viste bonita? —dice él mientras acaricia su largo pelo rubio que cae sobre la almohada. Recostados frente a frente, todavía están agitados.

—Es increíble, nunca me había pasado una cosa igual. Por lo general lleva un tiempo acoplarse ¿no? —Él asiente con la cabeza—. Es como si te conociera desde siempre Nicolás. Al final voy a empezar a creer que tenías razón. ¡Mirá si al final nos conocemos hace siglos! —dice ella sonriendo. Él la mira serio, en silencio.

—¿Te acordás lo que me dijiste la última vez que nos vimos en el banco de Penélope, nuestra amada Penélope? —arriesga, decidida a abordar el tema desde el principio.

—Nuestra amada, adorada Penélope, claro... ¿Qué cosa? Te dije tantas cosas, y las recuerdo a todas.

—Eso, que nos venimos encontrando hace siglos, y que vos te acordás de todo. Que nos hemos lastimado muchas veces y no querés lastimarme más. Que yo también te he herido, y sin embargo estás dispuesto a seguir intentándolo para ver si esta vez nos sale bien.

Él la mira sonriendo, se acerca y le da un beso. La abraza.

—Mi amor, mi vida. Te acordás de todo. ¡No tenés tan mala memoria después de todo!

—Cómo no me voy a acordar, si fue la declaración de amor más honda y conmovedora que jamás escuché en mi vida, y me la hizo un niño...

—¿Y todavía creés que estoy loco? Lo que está claro es que ya no soy un niño... ¿no?— Ambos sonríen.

—No sé qué creer. Te juro que ya no sé en qué creer Nico. Mi cabeza me dice una cosa, y mi cuerpo otra. Yo vengo de una formación psiquiátrica, pragmática. Nunca creí en estas cosas. Pero tengo que reconocer que lo que siento cuando estoy con vos supera toda lógica. No sé explicarlo.

—No tenés que explicarlo. Sentilo. Quedémonos juntos y vivamos lo que tengamos que vivir, juntos.

Luego de besarla y besarla, un millón de veces y por todos lados, la invita a conocer el loft. La envuelve en una sábana blanca, se enfunda en un pantalón, y lo recorren juntos. Caminan descalzos.

—Así, parecés Afrodita —dice él.

—Y vos un Dios griego, no sé cuál...

Recorren el amplio estudio que oficia de living, taller y cocina a la vez. La luz del sol que ingresa a través de los inmensos ventanales la reconforta. Todo en el ambiente le resulta familiar y agradable, como si hubiese vivido aquí toda la vida. El piso está manchado con pintura, y hay caballetes y pinceles por todos lados. El único lugar ordenado del departamento es la cocina, que está impecable. Hay delicias en fuentes de distintos tamaños sobre la barra de pinotea. Hay flores blancas en jarrones de vidrio, por todos lados. Copas de cristal, y bebidas.

—¡Esto es un banquete Nicolás! ¡Te volviste loco!

—No digas más eso, ya sabés que es una palabra un poco delicada para mí —bromea—. Es lo mínimo que podía hacer para recibirte en mi hogar, mi adorada Mariana. Como no me dijiste qué querías, tuve que hacer de todo un poco para pegarla aunque sea con alguno de los platos.

Comen. Beben. Disfrutan de la comida como si fuera la última. Mientras toman café recién molido él se confiesa:

—Sabés, yo ya no recuerdo con la claridad de antes, como cuando nos conocimos en Buenos Aires. Los recuerdos que en mi infancia y adolescencia fueron tan nítidos, después se volvieron borrosos. Cuando te fuiste empecé a olvidar. Era insoportable recordarlo todo, y que te hubieras ido. —Ella baja la mirada—. Poco a poco las imágenes empezaron a perder claridad, como pasa con los sueños que al despertar los recordás en detalle y luego de unos minutos se te olvidan, como si se los engullera la oscuridad. —Se queda pensando unos instantes—. Mucho de lo que recordaba ya no lo recuerdo, o lo recuerdo vagamente, como si hubiera sido un sueño. Como si nada hubiera sido real. A veces me pregunto si alguno de los recuerdos que tengo no serán producto de mi imaginación. Ilusiones y espejismos que están ahí sólo para confundirme. Pero lo único que quedó intacto, certero, fue lo que siento por vos Mariana. El recuerdo de tu mirada y tu presencia en mi vida. Eso sobrevivió intacto.

Se acerca hacia ella rodeando la barra. La toma de las manos.

—En esta vida vos me salvaste mi amor. Me diste la mano y me guiaste hacia mí mismo. Si no me hubieras ayudado a encontrar el arte como herramienta de autotransformación me hubiera perdido en el laberinto de mis recuerdos. La certeza de que vos existías sobre la faz de esta tierra y la esperanza de que el destino volvería a cruzarnos fue lo que me permitió seguir adelante. Ésa era mi verdad. Éso era lo único claro y nítido para mí. Y eso es lo que quiero vivir. El presente, con vos. Ya hace mucho que decidí alejarme del pasado, no quiero vivir más de recuerdos. Quedate conmigo y vivamos lo que tengamos que vivir, en el presente.

Se miran a través del humo del café y del llanto en los ojos de ella.

20

NUEVA YORK, 31 DE OCTUBRE DE 1986, 9:55 P.M.

*"…ese tono de encantador de serpientes
que Mariana aprendió a temer".*

—Bernardo, no voy a volver a casa —dice Mariana escudada del otro lado del teléfono.

Nicolás no está, bajó con la excusa de comprar algo para permitirle hablar a solas. Hoy es noche de Halloween, noche de brujas. La noche en que la ciudad de Nueva York se descontrola, y en la que todo está permitido. Los neoyorkinos se disfrazan de locos, brujas y asesinos para salir a la calle a asustar a los turistas. Nicolás recorre las calles con inquietud.

—¿Qué estás diciendo Mariana? ¿Dónde estás? ¿Qué pasó por Dios?

—Pasó lo inevitable Bernardo, lo que venimos negando hace tiempo. Que ya no te quiero. Que no puedo vivir más con vos. Que no doy más. Que si me quedo, me muero. Perdoname. Por favor perdoname, aunque sé que no tengo perdón. Y sé que soy una cobarde por decírtelo así, por teléfono. Pero si no lo hago así no puedo. Y tengo que hacerlo.

—Mariana mi amor, todavía estás en estado de *shock* por todo lo que pasó, no es momento de tomar decisiones. Vos lo sabés. Tranquilizate. En este momento no podés pensar con claridad. ¿Dónde estás? —Bernardo utiliza ese tono de encantador de serpientes que Mariana aprendió a temer.

—No importa dónde estoy Bernardo. Lo importante es que no voy a volver. Y nada, absolutamente nada de lo que puedas decir me va hacer cambiar de opinión. Es importante que lo vayas sabiendo desde ahora, que ya no podés confundirme ni influenciarme más. Adiós.

Corta abruptamente la comunicación. No quiere dejarse convencer, ni escucharse a sí misma. Está asustada de sus propias palabras.

21

Nueva York, 31 de octubre de 1986, 10:25 p.m.

"… lo mira desde el cocoon *que hizo de sí misma".*

Cuando Nicolás regresa Mariana está ovillada sobre el sillón, con la mirada fija en el edificio de enfrente que se divisa a través de los ventanales.

—¿Estás bien, bonita? ¿Qué pasó? —pregunta mientras se sienta sobre la mesa ratona.

Ella vuelve en sí y lo mira, entre aliviada y triste.

—Ya está, ya lo hice. Soy una cobarde Nicolás, no tendría que habérselo dicho de esa manera, por teléfono. Son muchos años de matrimonio. Fue horrible de mi parte, pero no podía hacerlo de otra manera... Y me siento espantosa por eso. —Silencio de ambos—. Por otro lado siento un alivio indescriptible, como si pesara diez kilos menos. Es impresionante, como si todos estos años hubiera estado encerrada herméticamente y ahora me estuvieran abriendo una ventana... Y puedo respirar, finalmente. Me estaba asfixiando. No daba más. La sensación ya era casi corporal.

Suspira y cierra los ojos mientras encoje sus rodillas rodeándolas con sus brazos. Esconde la cabeza entre las piernas.

Él acaricia su pelo, suavemente, y luego dice:

—Quedate tranquila. Descansemos. Esta casa es tuya, lo sabés. Podés hacer lo que quieras. Podés quedarte acá conmigo, no es necesario aclararte lo feliz que me haría. Pero no quiero que te sientas presionada a tomar una decisión, eso sería una locura. Jamás te presionaría, y si en algún momento se entendió así te pido disculpas. Date un tiempo, y en unos días, más tranquila, lo decidís. No necesitás tomar una decisión ya. Yo voy a estar acá, siempre. Acá estoy.

Ella lo mira desde el *cocoon* que hizo de sí misma. Le agradece, primero con la mirada, luego con todo el cuerpo.

Dormirán abrazados por horas. Como sólo los amantes que recién comienzan a serlo saben hacerlo.

Cayendo en un sueño perturbador y compartido.

22

Nueva York, 1 de noviembre de 1986, 1:28 a.m.

"Después de tropiezos y tropiezos, en la oscuridad…".

Ambos sueñan el fragmento del mismo recuerdo:

Ella es una joven de piel tersa y clara, pero oscura como la noche. Lleva puesto una túnica negra y tiene el corazón endurecido por el odio y la sed de venganza, por siglos de resentimiento y falta de amor.

Esta noche de luna llena participa de un ritual dedicado a la diosa oscura en lo profundo del bosque. Son varias las mujeres que participan, todas brujas ya iniciadas que están aquí para iniciarla.

Él ha sido el elegido para inseminarla, consumando así el ritual que le permitirá ser una de ellas. Ya está decidido. Hay fuego. Hay sangre. Habrá un sacrificio.

Lo ataron a un árbol para que observe desde allí cómo la preparan.

La desnudan. La ubican en el centro de una gran estrella de cinco puntas dibujada en la tierra con huesos, caracoles y desperdicios. Ella extiende los brazos. Su cuerpo voluptuoso e imponente brilla a la luz de la luna. Le untan aceites en las extremidades. La peinan. Le dibujan símbolos extraños en el cuerpo con sangre y con otras sustancias de consistencias viscosas y olores nauseabundos.

Él ha sido el escogido por su corazón tierno, porque la ama desde siempre (aunque ella nunca lo supo), y porque el destino así lo quiso.

Cuando esté lista lo traerán hasta el centro de la estrella arrastrándolo entre varias.

El momento ha llegado. Ella lo toca, lo lame, lo seduce. Lo besa, le pide que la mire a los ojos. Poco a poco él va cayendo en el hechizo. Olvidándose de todo. Olvidándose de sí mismo.

Intuye que su vida corre riesgo, sin embargo nada en este mundo podría detenerlo. La desea con locura. Cierra sus ojos, la siente. Las manos atadas tras la espalda. Su miembro erguido.

Finalmente ella se monta sobre él buscando ser penetrada. Cabalgan juntos. En el preciso instante en que eyacula adentro suyo ella le clava el puñal por la espalda, entre los omóplatos, a la altura del corazón. Implacable y certero. Sin un dejo de duda.

Entonces él le susurra al oído: "Si tengo que morir, que sea adentro tuyo" sembrando no sólo su fruto sino la simiente de un amor que eventualmente germinará, a través de los siglos. Después de tropiezos y tropiezos, en la oscuridad.

Es estéril la búsqueda por el conocimiento cuando es sin amor.

23

NUEVA YORK, 1 DE NOVIEMBRE DE 1986, 1:50 A.M.

"Al despertar ya no recuerda".

Se despierta llorando, confundida. Lo mira tendido a su lado. Abrumada, se cerciora de que respire. La nitidez del sueño la ha dejado perpleja. Angustiada. Bañada y purificada en un mar de lágrimas.

"Perdoname mi amor, perdoname", le dice al oído medio dormida, medio despierta.

Lo dice despacito para que él no se despierte, pero su alma lo oiga.

Él la escucha en sueños. La abraza y la perdona, flotando en una balsa, en el mar.
La abraza y llora.
Al despertar ya no recuerda.
Ella calla.

24

NUEVA YORK, 10 DE NOVIEMBRE DE 1986, 10:00 A.M.

> *"…se reconoce en la profundidad de sus pupilas*
> *y encontrando el valor…".*

Nicolás acaba de irse a una reunión. Mariana está terminando de lavar los platos. Luego de diez días de vivir juntos se han adaptado rápidamente a la vida en común. Ella se siente cómoda con los ritmos de esta nueva vida, y con la mujer en la cual se está convirtiendo. Los hábitos poco a poco van conformando nuevas sensaciones. Se siente libre, liviana, desconocida. Y al mismo tiempo más ella misma que nunca.

La noche de Halloween se instaló allí con lo puesto y nunca más volvió al departamento de la Quinta Avenida. Tampoco volvió a hablar con Bernardo.

Mientras acomoda los vasos piensa que hoy es el día, que tiene que ir a enfrentarlo. Está juntando valor para dirigirse hacia el Upper West, buscar algunas pertenencias y hablar con él. La sola idea de contarle la verdad la hace temblar, pero sabe que no puede seguir evitándolo. No quiere ser cruel. Seguir ignorándolo sería una crueldad. Se da cuenta de que lo quiere, a pesar de todo. Que en estos años se le ha metido bajo la piel. Ha sido una presencia sofocante, pero necesaria. Un compañero de ruta, un mentor, el padre que no tuvo.

Un dolor sordo y silencioso se instala en su cuerpo descendiendo desde la garganta hasta sus vísceras. "Bernardo, perdoname, quisiera no estar causándote este dolor. No quiero que sufras. Si sólo me dejaras ir sufrirías menos", piensa mientras se enfunda dentro de su ropa nueva. Luego se peina mirándose al espejo. "Quisiera ahorrarte este dolor, pero no sé cómo se hace, no sé cómo hacer para que no sufras. Si me quedo me muero, y si me voy, te morís vos. Y ya sos una parte de mí. No puedo ser indiferente ante tu dolor. No sé ser indiferente ante el dolor. Quisiera inmunizarme, hacerme impermeable para disfrutar tranquila de esta felicidad... Pero no sé cómo se hace".

Termina de peinarse. Se mira en el espejo. Por un instante los pensamientos se aquietan y sólo quedan ellas: su reflejo y ella. Como dos viejas amigas que se encuentran una tarde cualquiera en una esquina, y se observan. Asombradas ante los rastros del paso del tiempo en sus rostros. Descubriendo los detalles que la cotidianidad encubre.

Se reconoce en la profundidad de sus pupilas y encontrando el valor se dirige hacia la puerta.

25

NUEVA YORK, 10 DE NOVIEMBRE DE 1986, 1:56 P.M.

"Su corazón comienza a palpitar.
Se aproxima lentamente, con temor".

Mientras el ascensor sube hacia el piso dieciocho Mariana piensa. Piensa en qué va a decirle a Bernardo, y en la lista de cosas que quiere llevarse. Son pocas. Recuerdos significativos, su colección de fotos. Documentos. El cuadro. La plata que tiene ahorrada y esconde en lugares insólitos. Solo algunas prendas de su guardarropa. Descubrió que quiere cambiar su aspecto, como si estuviera mutando. Desea conservar sólo algunas cosas de su anterior vida. Incluso está considerando cortarse el pelo. Se mira al espejo haciendo el gesto, evaluando cómo le quedaría el nuevo corte cuando el ascensor llega a destino. Suspira para juntar valor.

Encuentra el departamento sucio y desordenado. A oscuras. Lo recorre. A medida que avanza su preocupación va en aumento. Siente el aire enrarecido por el encierro. En la cocina hay comida pudriéndose en las mesadas y platos sucios por todos lados.

—¿Bernardo? —pregunta preocupada—. Bernie, ¿estás en casa?

Silencio. Se dirige hacia el cuarto principal. La puerta está entreabierta. Las cortinas cerradas. En la penumbra distingue la silueta de Bernardo recostado de espaldas sobre la cama. Son las dos de la tarde, horario en que habitualmente trabaja. Jamás lo había visto en cama a esta hora, en todos estos años. Ni una vez.

Su corazón comienza a palpitar. Se aproxima hacia él lentamente, con temor.

26

Nueva York, 10 de noviembre de 1986, 2:02 p.m.

"…volver a estar con él le produce náuseas".

Una vez que comprueba que efectivamente respira se sienta a su lado en silencio. Lo mira. Lo ve envejecido, vencido, y siente una inmensa compasión. Se pregunta cómo hará para decirle la verdad. Si encontrará las fuerzas para hacerlo. Confirma al verlo que jamás podría volver a su lado. Está abstraída en estos pensamientos cuando Bernardo finalmente se despierta, somnoliento.

—Mariana mi amor, volviste. — Le extiende una mano.

—Me tenés preocupada Bernie. ¿Qué es todo este desastre? Me sorprende. Me preocupa.

—Creí que no ibas a volver. Después de unos días, cuando vi que no llamabas, creí que no volverías. Decidí que no tenía sentido seguir viviendo sin vos. —Mariana observa a su alrededor y recién entonces ve las botellas de whisky desperdigadas a lo largo de la habitación. Piensa: "Mientras él sufría acá solo como un perro yo estaba haciendo el amor como jamás en mi vida con un hombre treinta y siete años menor que él, sin siquiera acordarme de su existencia. Soy un monstruo. Tenés razón en odiarme Bernardo".

—Tenés razón en odiarme Bernie.

—¿De qué hablas Mariana? Si yo no te odio. ¡Te amo! Te amo y estoy dispuesto a olvidarlo todo, y a que volvamos a empezar.

La sola idea de volver a estar con él le produce náuseas.

—Si todavía no me odiás, ya me vas a odiar Bernardo, y vas a tener toda la razón del mundo en hacerlo. No te lo voy a cuestionar.

—¿De qué estás hablando Mariana? Me asustás.

—¿Te acordás de Nicolás Urrutia?

—Sí... —Los ojos de Bernardo se transforman. Sus pupilas se dilatan. Una catarata de ideas y asociaciones comienzan a tejerse adentro suyo. Una red pegajosa y oscura, comiéndose el oxígeno de su sangre y contaminando cada recoveco de su ser. Recubriendo cada uno de sus pensamientos de un odio sombrío y sordo, certero.

—¿Qué tiene que ver Nicolás Urrutia en todo esto?

"Ya empezó a odiarme", piensa ella.

—Que estoy enamorada de él Bernardo. Vive acá, en Nueva York. Estuve viviendo en lo de él y pienso quedarme ahí —dispara con la resolución de un francotirador, sin pensarlo dos veces—. Más allá de esto, lo nuestro ya estaba terminado. No quiero mentirte. No te dejo por él, porque igual te hubiera dejado. Pero quiero ser sincera reconociéndote que el disparador para tomar esta decisión fue él. Eso es así.

—Mariana... ¿Estás total y absolutamente fuera de tus cabales? ¿Enloqueciste totalmente? ¿Qué estás diciendo? Nicolás Urrutia es una criatura. Un psicótico que conocimos hace una eternidad. Estás delirando. Voy a tener que terminar internándote, finalmente.

La amenaza la saca de quicio. Eleva la voz.

—Ya no tenés control sobre mí Bernardo, te lo dije el otro día, y te lo repito. Si querés creer que estoy loca es problema tuyo. Nada va a poder impedir que me vaya. Y para internarme vas a tener que probar que estoy loca. Sólo que hayas insinuado esa amenaza me confirma que no estoy equivocada. —Los dos se levantan con ademanes violentos. Ella comienza a revolver el placar buscando una valija, la encuentra y la apoya sobre la cama.

—Mariana por Dios escuchame, entrá en razones —Bernardo dulcifica el tono de su voz—, es una locura lo que estás planteando. No hay ninguna posibilidad de que con la gravedad del trastorno que padecía en la pubertad este Nicolás hoy esté en su sano juicio. Si efectivamente es él, tal vez hasta pueda ser peligroso...

—Bernardo, él es más sano que vos y yo juntos.— Suelta lo que está acomodando en la valija mirándolo a los ojos en forma desafiante.

Ahora es él quien enloquece.

—¿Qué dijiste? ¿Qué estás diciendo hija de puta? Voy a terminar creyendo que más que una loca, sos una reverenda hija de puta ¡carajo! —Le agarra la valija y se la revolea por el aire. Vuelan las escasas pertenencias que había llegado a juntar. Ella da un paso hacia atrás, asustada. Él se aproxima amenazante cuando de pronto se detiene para llevarse una mano al pecho, como congelándose. Una mueca de dolor transforma su rostro.

Silencio abrumador.

—¿Bernardo? ¿Estás bien? ¿Qué te pasa por Dios? No me asustes...

Bernardo cae a sus pies. Ella se agacha y empieza a gritar, desesperada.

—¡Auxilio, auxilio! Bernardo mi amor por favor ¡no te muevas! Aguantá que voy por ayuda —le dice llorando, mientras corre torpemente a buscar un teléfono para pedir una ambulancia.

Él sólo registra el "mi amor" en la frase. "Mi amor, me dijo mi amor... Todavía tengo esperanzas" se repite para sus adentros.

Y decide vivir.

27

NUEVA **Y**ORK, 11 DE NOVIEMBRE DE 1986, 2:08 A.M.

*"…te amé media hora hombre pequeñito,
no me pidas más".*

Bernardo descansa sobre la cama del Hospital Monte Sinaí mientras Mariana lo acompaña sentada a su lado. Abre los ojos por primera vez desde que lo internaron. Intenta hablar.

—Shh... Bernie no hables, tenés que recuperarte. Te hicieron una pequeña intervención en el corazón sabés. Ya estás bien, pero tenés que descansar. Dormí tranquilo... Yo me quedo acá.

Bernardo la mira con tristeza mientras unas lágrimas contenidas finalmente caen. Intenta hablar, pero no le salen las palabras. Ella lo toma de la mano y se la besa.

—Shh... Silencio. Ya hablaremos más tarde, ahora recuperate. Olvidate de todo y descansá ¿sí? —le dice con ternura—. Ya está, ya pasó.

Cierra los ojos aliviado entregándose al sueño. Sus lágrimas se secan sobre sus mejillas.

Mariana espera a que se duerma y sale de la habitación en busca de un teléfono. Piensa mirando abstraída la pared con el dedo, a punto de marcar un número en el teléfono. Duda. Finalmente se decide y lo marca.

—Mi vida ¿sos vos? —arriesga él del otro lado.

—Sí amor, perdoname que no te llamé antes. Ya sé que son las dos de la mañana y debés estar preocupadísimo. Perdoname. No pude llamarte antes, de verdad.

—¿Qué pasó? ¿Estás bien?

—Bernardo tuvo un infarto. Tuvimos que internarlo de urgencia y le hicieron una intervención. Tenía obstrucciones severas. Su estado es delicado, y ahora está en observación hasta ver cómo evoluciona. —Nicolás la escucha enmudeciendo, tratando de absorber la noticia.

—Cuánto lo lamento Mariana, de verdad. ¿Vos cómo estás? ¿Estabas ahí cuando pasó? Te debés haber asustado muchísimo.

—Sí. Fue espantoso. Le conté todo y enloqueció. Me siento culpable Nico. No sé qué hacer. No puedo abandonarlo así, ahora. Y por otro lado lo único que quiero hacer es salir corriendo a estar con vos. Me siento atrapada. No tengo salida.

—Siempre hay una salida mi vida. Tranquila. Ya la vamos a encontrar. Ahora te tenés que quedar ahí, no hay duda. Quedate tranquila que yo voy a estar bien sabés, acá estoy. Démosle tiempo a las cosas para que se acomoden, ¿sí?

Mariana lo escucha con los ojos cerrados, absorbiendo cada palabra como si su voz fuera agua en el desierto.

—Gracias amor, gracias... Gracias por existir...

Vuelve a la habitación y se sienta a descansar. Mira a Bernardo con tristeza. De pronto fragmentos de una poesía de Alfonsina Storni acuden a su memoria poniéndole palabras a sus sensaciones, rescatándola de la asfixia: "Hombre pequeñito, hombre pequeñito que jaula me das... Yo soy el canario hombre pequeñito, déjame escapar... Digo pequeñito porque no me entiendes, ni me entenderás. Yo tampoco entiendo, pero mientras tanto, ábreme la jaula que quiero volar... Te amé media hora hombre pequeñito, no me pidas más. No me pidas más...".

Cierra sus ojos mientras repite una y otra vez las líneas de su poetisa preferida para convocar el sueño amparada por el espíritu de esta mujer a quien amó profundamente en su adolescencia, a pesar de no haberla conocido. Finalmente se duerme.

Así, el pájaro mansamente vuelve a su jaula. Pensándose a sí mismo enjaulado. Buscando una salida.

28

Nueva York, noviembre de 1986

"Borrar de su vida aquellos últimos diez días...".

Con el tiempo cada cosa vuelve a su lugar. Bernardo se recupera lentamente, día a día. Las ventanas del piso dieciocho se abren, los platos vuelven limpios a sus alacenas y el orden retorna a cada aspecto de la vida cotidiana. Salvo Mariana.

Ella sabe que no hay un lugar en esta casa adónde retornar. Lo intenta. Se esfuerza. En un punto quisiera poder lograrlo. Borrar de su vida aquellos últimos diez días para refugiarse en la seguridad de los últimos diez años. No arriesgar. Pero no lo logra, no lo está logrando. No puede olvidar.

Su vida se ha transformado en una sucesión de actos mecánicos destinados a restablecer un orden doloroso y necesario, una rutina perfecta y compacta que aprisiona cada parte de su cuerpo. Pero no logra controlar sus recuerdos.

Bernardo no volvió a hablar del tema, y ella tampoco. Es un pacto implícito que los protege a los dos de sí mismos. El pacto necesario para poder continuar.

Luego del último llamado en el que se despidieron hasta ver cómo evolucionaban las cosas Nicolás respetó su silencio y no la volvió a llamar.

El silencio la mata. Su ausencia le provoca dolores corporales.

29

Nueva York, 10 de diciembre de 1986, 8:44 a.m.

"Él también añora ser libre".

Bernardo retornó a su trabajo por las tardes. Dedica las mañanas a su rutina de las caminatas y los ejercicios de rehabilitación. Ella lo cuida. Le cocina una nueva dieta y se ocupa de que él la cumpla. El alcohol y el cigarrillo están fuera de discusión, también se ocupa de supervisar esto.

Él está encantado con este nuevo rol de enfermo. Él, que dedicó su vida a cuidarla, de pronto comprende que puede ser cuidado, y que ella es muy buena haciéndolo. Descubre que dejarse cuidar puede ser una poderosa arma. De esta manera obtiene toda su atención y su cariño. Hace años que no la veía tan cariñosa y solícita. Lo había olvidado. Había olvidado cómo era sentir el bienestar recorriéndole el cuerpo al despertar cada mañana, y comprobar que ella estaba a su lado. Su sonrisa de dientes blancos. Su mirada clara.

"Tal vez fui demasiado dominante después de todo" se dice a sí mismo. "Le quité la iniciativa. Me esforcé tanto por darle todo lo que necesitaba que hice de ella una autómata sin voluntad. Ahora la veo vigorizada. Como si mi debilidad la hubiera fortalecido. Me pregunto si eso será bueno, o malo... Parece ser que me quiere más así... Enfermo me cuida como no me cuidó nunca...".

Se queda observando sus pensamientos mientras el café se enfría en sus manos. Mariana pasa por la cocina y lo mira "¿Estás bien?", pregunta. Él sonríe y asiente con la cabeza, en silencio. Piensa: "Dios mío, es tan bella. No puedo perderla".

Mientras, una entreverada red hecha de sospechas y resentimientos crece en sus entrañas.

Pero Bernardo la ignora. Decide ignorarla.

Él también añora ser libre.

30

Nueva York, 15 de diciembre de 1986, 1:49 p.m.

*"La gente que pasa los mira de reojo y acelera el paso,
resguardando la impune intimidad".*

Se acerca la Navidad. Mariana no puede más con su tristeza. Siente que si no ve pronto a Nicolás va a explotar. Después de más de un mes sin verlo han acordado un encuentro. Ella le propuso el Museo de Ciencias Naturales frente al Central Park, en el *Upper West*. Él aceptó aliviado.

Si bien es un lugar público, hay algo en los pasillos tenuemente iluminados y los escenarios donde habitaron las especies de otros tiempos que la hacen sentir protegida. Un laberinto que nos invita a perdernos en el pasado, y a huir de la realidad actual. Cálido en invierno y fresco en verano. Un lugar misterioso y mágico. Aquí le dio cita a Nicolás hoy, a primera hora de la tarde.

No quiere encontrarse a solas con él porque de hacerlo sabe que no podría contenerse. Necesita resguardarse en el mar de desconocidos que deambulan por el museo, protegerse de sí misma. Si pisa el loft no tendría la fuerza para volver a irse, y no puede permitírselo.

Está sentada en el *lobby* principal debajo del inmenso esqueleto de un dinosaurio mientras escucha música en su *walkman*. Piensa. El clima que la rodea es de algarabía. La gente que pasa carga bolsas, regalos, sonrisas. La decoración navideña lo invade todo. Esta alegría no hace más que acentuar su tristeza.

Quedó en encontrarse en el sector de las piedras preciosas, uno de sus lugares preferidos del museo. Junta valor y se dirige hacia allí. La música en los auriculares y las luces escenográficas lo tiñen todo de una luminosidad fantasmagórica, irreal. Siente que se desliza. El tiempo va perdiendo consistencia. Cuando llega al lugar de la cita prácticamente flota. Nicolás viste de negro. Parado junto a un cuarzo rosa, tiene flores blancas en las manos. Está serio y callado.

Mariana se aproxima lentamente mirándolo a los ojos. Se saca los auriculares.

A pesar de lo planeado los cuerpos se abalanzan sin obedecer mandatos. Se imantan. Se besan. Primero despacio, luego con urgencia. Las manos de él se deslizan buscando su piel debajo del tapado. Las manos de ella se detienen en su pelo negro, acariciándolo.

La gente que pasa los mira de reojo y acelera el paso, resguardando la impune intimidad. Algunos los miran alarmados, con enojo. Otros con envidia. Algunos sonríen alentados a imitarlos, festejando el encuentro. Pero todos pasan, dejándolos detrás.

—Nicolás ¡nos van a venir a echar! —lo frena ella sonriendo.

—Que nos echen ¡mejor! ¿Por qué me citaste acá Mariana? Quería verte a solas. Te extraño mi amor, no doy más... Me estás matando. —Hunde la cabeza en su cuello abrazándola con fuerza.

—Perdoname mi vida, yo también estoy sufriendo, te lo juro. Si no te veía iba a explotar —le susurra al oído—. Vení, hablemos un poco, caminemos.

Se pierden entre las piedras preciosas, sin poder separarse un centímetro.

31

Nueva York, 15 de diciembre de 1986, 2:47 p.m.

"…un polizonte roñoso y hambriento,
interponiéndose en su camino".

—No puedo dejarlo Nico. No así, no ahora. Perdoname. Vos sabés que si esto no hubiera pasado, sería distinto. Pero pasó. No podemos seguir en estas circunstancias. Bernardo es un buen hombre, tiene sus defectos, pero es un buen hombre. No puedo hacerle esto en este momento.

Nicolás la suelta. Camina despacio. Lleva las manos hacia atrás para agarrárselas a la altura del coxis, como dándose fuerza.

—Aunque me muera de ganas por estar con vos... —continúa ella al ver el vacío que comienza a generarse entre ellos, intentando acortar distancias.

—Te entiendo. Lo que me decís no hace más que hablar bien de vos, de tu humanidad. Pero entendeme vos a mí. Te vengo esperando desde siempre. Desde que tengo cinco años. Te reconocí, y desde entonces te busco, y te espero. Me estás pidiendo demasiado. Ahora que nos reencontramos es insoportable volver a perderte.

Ella se acerca intentando tomarlo de la mano y en un acto reflejo él se aleja. Ambos detienen el paso. Se miran.

—Lo lamento Nico. Lo lamento tanto. —Las lágrimas caen—. Lamento tu dolor y el mío. Lamento las circunstancias en que tuvimos que encontrarnos. Lamento profundamente nuestra diferencia de edad. No nos engañemos amor, esta relación estaba condenada desde el principio. ¿Cuántos años íbamos a poder estar juntos? ¿Diez? Y soy generosa. ¿Cuánto tiempo iba pasar antes de que empezaras a verme vieja? Yo nunca voy a poder darte un hijo...

A medida que las palabras se deslizan por su boca las lágrimas caen, cada vez con más fuerza. Y todo lo que descansaba agazapado en un borde oscuro de su mente ingresa en la escena a la fuerza. Ella misma se sorprende. Lo que no había querido ni siquiera pensar se impone como un polizonte roñoso y hambriento, interponiéndose en su camino.

—Seguís siendo una cobarde Mariana. ¿Yo te pedí hijos? No pienses por mí. Yo soy grande y tomo mis propias decisiones. Te estás escudando en un sentimiento aparentemente noble para esconderte de tus miedos.

Mariana no está acostumbrada a la verdad. La lastima. Se encoge. Se aleja. La vive como una brutalidad.

—Disculpame si te lastimo, pero tengo que decirte lo que pienso. Y vamos a lastimarnos, es inevitable. Vos me herís con tus miedos. Lo de Bernardo lo entiendo, te lo juro. Y lo acepto. No te pido que lo dejes. Y te quiero más todavía por no querer dejarlo en este momento. Pero lo que no te acepto es que te alejes de mí. Ni por él, ni por nuestra diferencia de edad. Que renuncies a algo que está más vivo que nunca por miedo a que algún día se muera es ridículo. Todo va a morir Mariana. Y nada. Nada de lo que vivamos se puede perder. Es absurdo negarse a vivirlo por miedo a perderlo. Esa es la manera más segura de perderlo. No vivirlo. ¿No te das cuenta?

—Para vos es fácil. En diez años volvés a empezar con una mujer más joven, y ya está. Tenés toda la vida por delante. La que va a salir herida acá soy yo. No me culpes por querer protegerme. Mariana se siente incómoda, no quiere que la conversación fluya en esta dirección. Pero los acontecimientos la trajeron hasta aquí, y no sabe cómo revertirlo.

—Además, este no es el punto, el punto es que aunque quiero estar con vos, no puedo. Bernardo me necesita. No puedo estar con los dos.

—¿Por qué? —pregunta él, serio y decidido. Casi desafiante.

—¡No seas ingenuo Nicolás! No es tan fácil. Bernardo jamás lo soportaría, y eventualmente vos tampoco. Yo misma no podría soportarlo. Ese es mi límite. Con vos no. No quiero que seas sólo mi amante. ¿Eso es lo que vos querés? ¿Ser mi amante? —Lo mira perturbada, como si estuviera ante una terrible revelación.

Él se acerca y la abraza. Le agarra la cabeza y la hunde en su pecho para acariciársela.

—No mi amor... Claro que no... No malinterpretes lo que estoy queriéndote decir. Estás entendiendo todo mal. No estoy diciendo que no sos lo suficientemente importante para mí, todo lo contrario. Sólo te estoy pidiendo que seas fiel a nosotros, a nuestro vínculo. Así como respeto que le seas fiel a Bernardo. Te pido que no pongas excusas para escaparte de nosotros porque te resulta incómodo. Entiendo que te lastime nuestra diferencia de edad, y no te puedo prometer qué voy a estar sintiendo dentro de diez años...

—¡Ay Nicolás! Mentime un poco por Dios, lo que me estás diciendo no me calma ni un poco—dice ella, trastornada.

—No te voy a mentir. Esta es la verdad. Te vengo amando hace siglos, de muchas maneras. En cuerpos de hombres y en cuerpos de mujeres. Lo que amo de vos va más allá de las apariencias. Lo que me atrae a vos es un misterio insondable. Irremplazable. —Vuelve a abrazarla y le susurra al oído—. Vos sos mi hogar Mariana, y nada ni nadie podría cambiar eso. Eso es lo único que sé.

Se quedan abrazados. Una minúscula partícula de amor inmersa en el océano.

Un átomo de humanidad incipiente, resistiendo, intentando aferrarse a una orilla desconocida.

32

Nueva York, 15 de diciembre de 1986, 4:00 p.m.

"Ella mira las copas nevadas de los árboles.
Él se mira los zapatos".

Mariana hubiera querido no salir jamás del museo, ser devorada por el laberinto. Pero llegó la hora de despedirse. Tiene que cruzar el parque antes de que anochezca, y se dispone a acelerar el final.

Están sentados en un claro del parque, cerca de la estrella que conmemora al genio de John Lennon, con la inscripción de *Imagine* dentro. Ella mira las copas nevadas de los árboles. Él se mira los zapatos.

—Mañana nos vamos a Buenos Aires. La idea es pasar las fiestas allá. Bernardo me pidió que lo acompañe, y no pude decirle que no. Me voy Nico. Tomémonos este tiempo para pensar tranquilos. Necesito procesar todo lo que pasó, lo que hablamos, lo que siento.

Nicolás sigue mirando sus zapatos. Ella se gira para mirarlo de frente, las manos acariciando sus rodillas.

—Necesito tiempo. Un poco de distancia. Estoy confundida. Mi vida entera es un desastre Nico. No sé cómo llegué hasta acá. Cómo pude haber perdido tantas cosas en el camino. Mi profesión. Mi juventud. El sentido. De pronto me desperté un día, me miré al espejo y se me había pasado media vida. Tengo que pensar cómo quiero vivir la otra mitad. Más allá de Bernardo, más allá de vos. Sé que suena espantosamente cliché, pero tengo que encontrarme a mí misma.

Nicolás le mira las manos acariciando sus rodillas.

—Me perdí. Me perdí a mí misma. En algún recodo del camino que no puedo recordar, me perdí. Y hasta que no me rencuentre, nada de lo que decida va a estar bien. Cuando nos conocimos en Buenos Aires vos estabas perdido, y nuestro encuentro te ayudó a salvarte. Ahora fuiste vos quien me ayudó a mí Nico. Mi amor. Mi vida.

Él la mira con los ojos vidriosos. Ella continúa:

—Yo no te salvé entonces. Vos te salvaste. Y ahora me toca a mí salvarme. Ser libre. Vos me despertaste. Tu mirada. Me ayudaste a reencontrarme con quien puedo, o con quien quiero ser. Siempre te voy a estar agradecida por eso... Pero la búsqueda es mía.

—No te despidas Mariana. Esto me suena a despedida. Por favor, no te despidas.

—No me estoy despidiendo Nicolás. Ya no creo en las despedidas. Y menos con vos.

33

BUENOS AIRES, 21 DE DICIEMBRE DE 1986, 4:18 P.M.

"…saca de su interior un pequeño libro de tapas azules".

En diciembre el calor puede ser sofocante en Buenos Aires. Mariana recorre sus calles con tristeza y nostalgia. Dispone de todo el tiempo del mundo para pasear en esta tarde lluviosa, así que camina despacio mientras retrata con su máquina de fotos los últimos jacarandás en flor. Es su árbol preferido.

Luego de recorrer los inmensos parques ubicados a lo largo de la Avenida del Libertador desemboca en el Cementerio de la Recoleta. El paraguas destartalado que le prestaron le trae más problemas que soluciones. Llega al bar del encuentro empapada, luchando con él para cerrarlo.

Allí la espera Sonia, una amiga de su infancia. No se ven desde hace años. Muchos, tal vez diez. Siente una mezcla de deseo con ansiedad. Ella representa el pasado, lo que dejó detrás y no está segura de querer rememorar. Reencontrarse con el pasado y sus elecciones. Confrontarla, y confrontarse. Una serie de coincidencias las cruzó en este viaje, y entiende que este encuentro es imprescindible. Una parte del proceso de limpieza que necesita hacer. Enfrentarlo se ha vuelto impostergable.

Quedaron en encontrarse a tomar un café y ponerse al día tres noches atrás. Su voz en el teléfono le sonó extrañamente familiar, y al mismo tiempo desconocida. Como si hubiera sido ayer que se vieron por última vez, y hace siglos.

Cuando ingresa al bar su amiga está sentada contra una ventana mirando en dirección al cementerio. Seria, abstraída. Se acerca lentamente hacia ella dándose tiempo para observarla. Se detiene junto a la mesa y le sonríe. Sonia la mira como salida de un trance y le extiende las manos con espontaneidad. Se levanta. Se abrazan. Un abrazo largo y sentido. Dos hermanas separadas por la vida que se encuentran un día cualquiera en un bar.

Pero al sentarse las palabras se interponen. Intercambian frases hechas. Se dicen lo que hay que decir, se cuentan lo que hay que contar. Formalismos que ocultan y niegan. Están sumergidas en este mar de incomodidad cuando Sonia de pronto la interrumpe para ir al punto:

—¿Por qué te fuiste así Mariana? Nunca respondiste mis cartas. Desapareciste de nuestras vidas sin explicaciones. Abandonaste nuestra amistad, y todo lo que tenías acá. Te extrañé tanto. Eras mi hermana.

A Mariana le caen las lágrimas. No está lista para escuchar este reclamo, sin embargo sabe que debe hacerlo. Calla.

—La noche en que te fuiste tuve un sueño. Soñé que estábamos al borde del mar. Sobre un precipicio. Vos colgabas sobre el vacío y yo te sostenía con mis manos para que no te cayeras. Veía el océano embravecido bajo tus pies, y hacía un esfuerzo enorme por levantarte. Cuando lo lograba caíamos las dos agotadas al piso. De pronto vos te levantabas, me mirabas y te tirabas por tu propia voluntad al mar. Mientras lo hacías la roca que me sostenía se invertía transformándose en una inmensa campana, que luego se transformaba en una jaula que descendía lentamente hacia la profundidad. Yo escapaba por muy poco. Sentía cómo su borde pesado y amenazante rozaba mis pies al huir. Nadaba desesperada para no ahogarme, y llegaba a una orilla lejana adonde me esperaba un hombre joven. Me tiraba a descansar a su lado. —Silencio—. Aquella noche no comprendí el sueño. Me sorprendió mucho, fue tan vívido. Me llevó años entenderlo.

Mariana la escucha y resuena con cada una de sus palabras. Escucha y calla. Y el silencio cae como un manto misericordioso sobre las dos.

Mientras las palabras son engullidas por un silencio incómodo Sonia abre su bolso y revuelve dentro de él, usando esta maniobra de excusa para esconder sus lágrimas. Saca de su interior un pequeño libro de tapas azules. Es una edición antigua de principios de siglo, con hojas amarillas. Lo extiende. Mariana se tapa la boca, lo reconoce al instante. Un trozo de su pasado cae sobre la mesa como dados rodando al borde del abismo.

Vuelven a ella los olores de su infancia. Los recuerdos compartidos. El rostro de su abuela el último día. Todo aquello recordado, y todo aquello minuciosamente olvidado.

—Lo encontré en una mudanza a principios de año. Vos me lo prestaste en un momento muy difícil de mi vida, cuando me fui a vivir sola. ¿Te acordás? —Mariana asiente casi sin moverse, parece petrificada—. Cuando me lo diste dijiste que te lo había dado tu abuela y que querías compartirlo conmigo, que su mensaje era un legado. Me parece que no corresponde que lo tenga yo, es tuyo.

Mariana se lleva el libro al pecho, y lo sostiene con fuerza.

—Es tuyo Mariana. No sé qué es lo que te pasó en estos años. No lo sé, y no lo entiendo. Pero cuando me enteré por Clarisa que estabas acá sentí que tenía que devolvértelo. Creo que hay algo de su mensaje que necesita volver a vos. Además, es tuyo. Y no está bueno andar dejando por ahí cosas que a uno le pertenecen, ¿no?

Mariana finalmente se quiebra. Lloran.

Se abrazan.

Se despiden con nostalgia.

34

BUENOS AIRES, 21 DE DICIEMBRE DE 1986, 10:15 P.M.

"…rogando porque las palabras viajen a través del tiempo".

Esta noche Mariana se va a dormir extenuada. El deambular por la ciudad sumado al encuentro con su amiga de la infancia la dejaron con un cansancio físico y emocional fuera de lo común. Concilia el sueño rápidamente. Su cuerpo descansa, pesado.

Se encuentra en un barco antiguo, navegando por el océano. El barco es pequeño y parece abandonado. El cielo está despejado, el mar tranquilo. De la nada aparece un hombre del otro lado de la cubierta, desde la proa. Es un anciano con barba y cara de loco, tal vez un ermitaño. Se le acerca amablemente y la invita a pasar a los camarotes. Ella está por hacerlo, cuando ve salir unas moscas a través de la escotilla. Se detiene. Cierra los ojos y con estupor vislumbra lo que la espera debajo: una pila de cadáveres amontonados. Hombres y mujeres de todas las edades, yaciendo boca arriba unos sobre otros. Horrorizada, se sobresalta abriendo los ojos inmensos. El hombre la mira y repite el gesto, invitándola a pasar. Ella comprende que si baja morirá en sus manos; de la misma forma en que murieron todos los que bajaron antes que ella. Lo mira fijamente y le dice que no, que no va a bajar. Él la mira con sorpresa, confundido. Esto nunca le había pasado.

Una vez que logra recuperarse del espanto vuelve a observarlo, y esta vez percibe la soledad en su rostro. Cierra sus ojos y puede verlo con claridad levantando gente en su barco a lo largo de los años; hombres y mujeres que podrían haberlo amado. Lo ve asesi-

nándolos con saña, ensimismado. Condenado al sangriento ritual hasta el hartazgo.

De pronto siente una oleada de compasión por este hombre y su destino. Comprende que está condenado a convivir con su carga infame, prácticamente enloquecido por la soledad y el silencio. Y siente un profundo amor y pena hacia él. Le sonríe. Le extiende las manos y lo abraza. Cuando lo hace el hombre llora. Primero tímidamente, luego a borbotones. Sus lágrimas se deslizan por el hombro de Mariana quien lo acaricia pasándole la mano por la espalda y convocando a través de este gesto su humanidad perdida.

Cuando cesa el llanto y se separan el hombre se ha transformado en una mujer, una anciana. Una vieja anciana sabia, de mirada insoslayable. Tiene un bastón en su mano izquierda y le sonríe. Mariana la mira sorprendida.

—Hace siglos que no subía a este barco alguien que pudiera amarlo. Tu amor lo ha liberado. Ahora el barco es tuyo —dice la anciana.

—¿Mío? Pero yo no lo quiero ¿Qué voy a hacer con él? Yo no lo pedí —responde Mariana alarmada.

—Es tuyo —dice la mujer con tono imperativo, al tiempo que se dirige hacia el timón. Golpea con su bastón el piso, y el barco comienza a girar en el sentido de las agujas del reloj. Al principio lentamente, luego cada vez más rápido. Los giros generan un remolino vertiginoso, hipnótico, que finalmente devora el barco hacia la profundidad.

El descenso es instantáneo y desemboca en un río. El agua donde aterriza el barco (ahora transformado en lancha) es marrón. Es el atardecer de un treinta y uno de diciembre, en el delta. El Tigre. Los canales de agua turbia son un complejo y extenso entramado en el cual Mariana navega como si lo conociera desde siempre. Se dirige hacia una isla: "La Golondrina". La anciana ya no está. Siente como el viento la acaricia.

En la isla hay tres mujeres jóvenes esperando en un muelle. Se aproxima la noche del treinta y uno de diciembre de mil novecien-

tos diecinueve. Una cálida noche de verano. Las mujeres visten de blanco. En el fondo de la isla están terminando los preparativos para la fiesta de fin de año mientras las hermanas esperan ansiosas en el muelle la llegada de los invitados.

Mariana llega a la isla sin ser vista. Desciende de la lancha para acercarse, emocionada, hacia su abuela. La reconoce al instante: una bella joven, con mirada triste y grandes ilusiones. Se acerca y la mira. Lleva una mano a su pecho y comprueba la sospecha de que nadie la ve. Sin embargo de alguna manera su abuela la siente. Lleva las flores blancas que adornan sus manos hacia su pecho, como respondiendo al gesto. Sonríe tímida.

—¿En qué estás pensando? —pregunta su hermana.

—En nada. De pronto sentí que hoy puede ser una noche especial.

—No te hagas demasiadas ilusiones Elvira. Mirá que Raúl me dijo que no los conoce bien. No sabemos cómo son.

—No lo sé, es un atardecer tan bello…

Mariana sonríe maravillada, se acerca hacia su abuela por detrás, le toca los hombros y apoya una mejilla sobre su espalda. Le resulta increíble y conmovedor presenciar este momento. Conocer a su abuela y a sus tías abuelas en su juventud. Intuye que está aquí para comprender algo que cambiará su vida, y espera la llegada en el muelle junto a ellas agradecida con el inesperado regalo.

La barcaza llega. Es lenta, ruidosa. Ingresa al muelle con dificultad. Descienden de ella cinco hombres. Uno de ellos lleva un diario en sus manos, una gacetilla que bambolea de un lado a otro con gestos de dandy. Se acerca a Elvira, la más bella de las hermanas, se saca el sombrero y la toma de la mano. Luego la besa mirándola a los ojos.

—Encantado Elvira —arriesga—. Soy Carlos Furcade. Me han hablado mucho de usted, pero todo lo que han dicho es poco ante semejante belleza. Acabo de llegar de un viaje por Venezuela, temía no estar para estas fiestas en Buenos Aires… Pero gracias a Dios pude llegar. ¡Y conocerla! —Elvira sonríe bajando la mirada.

El flechazo es instantáneo. Un hombre diez años mayor, viajado, elegante. Él podrá rescatarla de esta vida miserable en la que se halla atrapada. Él la llevará lejos, a conocer el mundo. La ayudará a ser libre.

Mariana oye sus pensamientos y siente una oleada de tristeza. "No te equivoques abuela, él no te rescatará de nada. Él lo único que tiene para ofrecerte es una jaula. Quemará tus cuadros, quemará tus libros. Vivirá atemorizado por tus deseos de libertad. Está lejos de ser la salvación que tú crees. Lo más creativo que tiene para ofrecerte son los hijos que concebirán juntos".

Elvira no la escucha. No debe escucharla. El destino transcurre como debe. Ella está aquí para ofrecerse como testimonio vivo para que los que vienen detrás observen, y aprendan lo que tengan que aprender. Nada más.

Mariana despierta transpirada. Al abrir los ojos comprende que no llegó a despedirse de su abuela, a expresarle cuánto la quiere, cuánto la quiso. Cómo la extraña. Cierra los ojos haciendo un enorme esfuerzo por convocar el sueño, pero no lo logra.

Se despide en silencio, rogando porque las palabras viajen a través del tiempo.

35

BUENOS AIRES, 1 DE ENERO DE 1987, 1:58 A.M.

"¿Querés pija? Vas a tener pija, hija de puta...".

Terminan los festejos de Año Nuevo. Mariana observa a Bernardo dirigirse con dificultad hacia el auto.

—Dejame que yo maneje Bernardo, no estás en condiciones de manejar, tomaste demasiado.

—Estoy perfecto. No me jodas más, te lo pido por favor. No puedo vivir así, sin comer ni tomar nada. Dejame en paz.

—Tomaste de más y lo sabés. No es para joderte, simplemente no quiero que nos matemos.

Bernardo se detiene frente a la puerta del auto pensativo, mirándola con los ojos vidriosos. Ella intuye sus pensamientos y se aparta sobresaltada. Una ráfaga de miedo le recorre el cuerpo.

—Me voy caminando.

—No seas ridícula Mariana, es Año Nuevo, no vas a conseguir un taxi en todo Buenos Aires. Estamos a treinta cuadras del hotel.

—No hay ninguna posibilidad de que me suba a ese auto. Camino. Nos vemos allá. —La convicción en su voz lo hace recapitular.

—Okey, tomá las llaves del auto, terminemos la noche en paz por favor. Pero sólo por hoy, y porque el auto es alquilado.

Vuelven en silencio. Un silencio viscoso, cargado de malos augurios.

—Bernardo... —Mariana siente el impulso de hablar, pero calla. Comprende que Bernardo no está en condiciones de mantener la charla que ella quiere, o mejor dicho que necesita. Mañana, mañana sin falta va a encararlo.

Él comprende al instante la intención con que dijo su nombre, y se hace el distraído.

Se dirigen hacia la habitación sin decir una palabra. Cuando ella sale del baño luego de hacer tiempo esperando a que se duerma, él la está esperando despierto del otro lado de la puerta. Se acerca bamboleante. Trata de abrazarla. Ella se escabulle, al principio amablemente, luego con fuerza.

—¡Qué te pasa Mariana carajo! ¿No vas a volver a tocarme? Soy tu marido la puta madre que te parió. ¡No podemos seguir así!

Mariana se dirige hacia la otra punta de la habitación refugiándose del otro lado de la cama.

—Dame tiempo. Es todo muy reciente Bernie. Necesitamos tiempo para reconstruir lo que se rompió.

—¡Qué tiempo ni qué ocho cuartos! ¡Me tenés harto carajo! Vení para acá puta de mierda. —Se dirige entre tumbos hacia ella, la agarra por los hombros y lleva su boca hacia su cuello. Ella se resiste y se retuerce. En el forcejeo caen sobre la cama.

—¿Qué pasa puta? ¿Estás caliente con el pendejo ese, y por eso ya no me querés coger? ¿Es eso? ¿Te olvidaste de todo lo que vivimos juntos? ¿Todo lo que te di en estos años? ¿Llega un pendejito cualquiera y tirás todo por la ventana? ¿No te das cuenta que estás haciendo el papelón de tu vida, arrastrándote como una putita? ¿Qué pasa, no querés envejecer, por eso te buscás un pendejo? ¿La tiene dura el pendejito? —Mientras dice esto le retuerce las manos, le rasga la ropa, la desnuda.

—Bernardo, por Dios, no... Así no... —Ella suplica.

—Qué no puta. Vas a ser mía, por las buenas o por las malas. ¿Me entendés? ¿Querés pija? Vas a tener pija, hija de puta... Vamos a ver quién la tiene más dura, si el pendejito ese o yo, mirá... mirá... —balbucea mientras la tira del pelo.

Finalmente la penetra.

Al principio ella se resiste. Se retuerce y gime. Luego deja de retorcerse y lo deja hacer, entregada.

Abandona el cuerpo y se libera fijando su mirada en el techo, a través de las lágrimas.

TERCERA PARTE

La libertad

1

BUENOS AIRES, 4 DE ENERO DE 1987, 10:37 A.M.

*"…lo que se ocultaba entre las sombras
queda impunemente expuesto al sol".*

Mariana espera sentada en el bar del aeropuerto a que anuncien su partida. El vuelo a New York sale a las doce. Tiene moretones en la sien, en los brazos, y el labio superior partido. Se la ve calmada y triste. Entera, pero ausente. Como si su alma navegara mares lejanos.

Bárbara Streissand le canta al oído *Memories*, y los recuerdos se agolpan unos tras otros, sin pedir permiso. Como una multitud enajenada que se dispara impredecible hacia todas las direcciones posibles, huyendo de un peligro.

Recuerdos de su infancia. La cara triste de su abuela. Recuerdos con Bernardo, la felicidad perdida. Nicolás en la cantina a sus cinco años, el primer encuentro. Penélope sentada sobre el banco, esperando. Los primeros dibujos cobrando vida, los maravillosos pájaros. La profesión que tanto amó y abandonó sin sentido. Sonia, su mirada clara. Su madre, y el doloroso desencuentro. Los brazos fuertes de su padre extendidos en la pileta, sonriéndole, invitándola a nadar. La confianza. Nicolás haciéndole el amor. Su primer hombre, Jorge, y su oscuridad. Bernardo violándola. Los primeros desencuentros en su matrimonio. Todas las pistas que yacían claras frente a ella, desde el principio. Y que eligió no ver. Las ve con una claridad despiadada. Se resignifican las escenas y todo lo que se ocultaba entre las sombras queda impunemente expuesto al sol.

"No fue él" se dice a sí misma. "Fui yo. Fui yo quien eligió no ver. Él me mostró desde el principio quien era. Me ofreció muestras claras sobre qué había bajo la superficie, y fui yo quien estuve ciega, empecinada en no ver. Ensañada en engañarme a mí misma. Construyendo mentiras. ¿Por qué lo hice? ¿Por qué me hice esto a mí misma?".

"Somos en parte el resultado de nuestras elecciones. Somos nuestras elecciones. ¿Cómo pude haberme equivocado tanto? ¿Por qué te elegí Bernardo? ¿Por qué sostuve esto todos estos años? ¿Por qué no me fui antes? ¿Por qué justo te elegí a vos, de todos los hombres posibles... ¡A vos! ¿Qué dice de mí esta elección? No puedo hacerme la distraída, quisiera, pero no puedo".

Esto es lo que más le duele a Mariana, aunque le cueste aceptarlo. Más que los golpes, más que las palabras sucias o la violación. Lo que realmente le duele es la imagen que le devuelve el espejo en el que hoy se mira: Bernardo. Aceptar que la jaula la construyó ella misma, cada barrote, cada cerradura. Esta certeza la abruma y la lastima, sin embargo también la libera.

Revuelve en su bolso buscando el libro azul. Se dispone a leerlo. Espera que el legado que le dejó su abuela y que pacientemente esperó durante todos estos años en manos de su amiga le brinde alguna respuesta. Sabe que no volverá a la Argentina por mucho tiempo, y que el pasado, y todo lo que alguna vez la ató a la Argentina quedará atrás cuando se suba a ese avión.

Ya no pertenece a esta tierra. Ni a aquella que la espera, pródiga. No es de aquí ni es de allá. Tal vez simplemente pertenece a las alturas, como la mujer alada del cuadro. A esas alturas en las que vuela por las noches en sus sueños, uniendo territorios lejanos y distantes.

2

Nueva York, 5 de enero de 1987, 9:42 a.m.

"El pájaro azul".

El sol atraviesa el cortinado llamándola como en un susurro. Mariana obedece y se levanta despacio. Abre las cortinas, abre las ventanas. Deja que el frío de enero entre en la habitación despejándola, rescatándola del aturdimiento de la calefacción demasiado alta. Cierra los ojos y se deja acariciar por los rayos del sol.

Anoche terminó de leer la obra de teatro *El pájaro azul*. Sonrió, se emocionó, lloró a borbotones mientras la leía. Se maravilló ante la exquisita sensibilidad de su abuela, que de todos los libros posibles escogió este para darle. "¿En qué estaría pensando cuando me lo dio? ¿Por qué a mí?" —se pregunta. "De todos sus nietos, de todos sus hijos, ¿por qué me lo dio a mí?". Maravilloso y mágico legado.

La recuerda en un carnaval de su infancia cosiéndole un disfraz de hada. Su entrañable disfraz de hada azul. Aún puede verla pegando durante horas las estrellas plateadas sobre la falda transparente. Estrellas que recortó con paciencia de artesana, recubriéndolas con el papel plateado que envolvía su regalo preferido: las Tita. Sorpresa infaltable. Unas exquisitas e inigualables galletas recubiertas en chocolate que había que buscar entre su ropa, y que milagrosamente aparecían siempre en un lugar distinto, en cada visita.

Se recuerda a sí misma posando para una foto con las botas doradas e inmensas de su madre. El atuendo prodigioso, su mirada triste y perdida en un algún lugar del bosque. Todavía conserva esa foto. La varita mágica aferrada en sus manos. "¿Por qué de hada?". Recién ahora se le ocurre preguntárselo, y se emociona. Piensa en la extraordinaria historia de la obra de teatro. La búsqueda del pájaro azul. En la necesidad de volver a ver lo invisible, lo esencial. Cómo recuperar esa mirada. Cómo acceder a esa piedra preciosa y sobrenatural que con sólo girarla la esencia de las cosas se nos manifiesta, y habla. El hada de la historia les entrega este secreto a dos niños pobres y valientes. Su abuela se lo entregó a ella, a través de estas líneas escritas hace casi un siglo atrás por Maurice Maeterlinck.

Los niños recorren varios reinos en la búsqueda del pájaro de la felicidad, guiados por la luz y la piedra mágica. Lo hacen para llevarlo a su pequeña vecina, tan pobre como ellos, y salvarla así del mal que la aqueja: el mal de la tristeza. La travesía dura un año contenido dentro de una noche. Atraviesan con éxito el reino de los Recuerdos, el de la Oscuridad, el de los Muertos. Exploran en la profundidad del Bosque y en el palacio de la Felicidad.

En el reino de los Niños por nacer (el reino del Futuro) conocen al señor Tiempo. Él es quien convoca a las almas que esperan para descender a la tierra a encontrarse con sus madres. Las hay de todo tipo. Cada alma tiene la forma de un niño que prepara afanosamente un propósito. Algunos traerán inventos para ser usados y disfrutados por los hombres, otros dolores y sufrimientos. Otros vienen a enfermar y a morir jóvenes para enseñarles algo a sus padres. Todos son convocados a encarnar irremediablemente con un propósito, y no pueden echarse atrás ante el llamado.

Hay una pareja de niños a la cual llaman "los amantes" porque no se separan un segundo, y están constantemente besándose y tomados de la mano. Uno de ellos es convocado por el señor Tiempo para partir, pero los niños se resisten a separarse.
—Deben hacerlo, así ha sido establecido, y no puede modificarse—, argumenta señor Tiempo.

—Bajemos juntos —dice la niña.

—No es el momento, deben ir por separado y encontrarse sentencia, terminante, el señor Tiempo. El propósito de ellos es amarse.

La despedida es dolorosa. —Una señal, dame una señal para poder reconocerte —dice ella, extendiendo sus manos.

—Te amaré por siempre, incondicionalmente, como sólo las madres saben hacerlo —dice él.

—Y yo seré la mujer más triste del mundo esperándote —dice ella—. Así me reconocerás.

"Mejor harías en conservar la esperanza", dice el señor Tiempo mientras cierra la puerta que separa los dos mundos.

Mariana piensa en Nicolás. En la misteriosa simetría.
El orden dentro del caos.
Ahora sí está lista para volver a él.

3

Nueva York, 5 de enero de 1987, 11:00 a.m.

"Abre las ventanas para que el viento limpie las tristezas…".

—Mi amor, volví. Soy libre, por fin —dice Mariana en el contestador telefónico de Nicolás, emocionada y feliz—. Perdoname si te hice esperar, y te hice sufrir mi vida. Estoy de vuelta, espero que sigas estando ahí, como siempre, con tu adorable incondicionalidad. Y si no es así, te entiendo. Te voy a esperar. Voy a hacer lo que sea para reparar el daño que te hice. Te amo. Estoy en el número de siempre…

Nicolás corre desesperado a atender el teléfono y llega justo unos instantes antes de que Mariana corte.

—Mariana ¡mi amor! ¿Estás ahí?

—Sí Nico, acá estoy. Acá estoy lindo. Volví. Volví, y te juro que no pienso irme.

Nicolás agarra con las dos manos el teléfono. Cierra los ojos y se sienta.

El encuentro será en dos horas.

Ella se baña, se perfuma y viste de blanco. Todavía tiene los moretones y el labio partido, pero decide no ocultarlo. No necesita maquillarse. Para embellecerse alcanza con la alegría y la libertad.

Él corre a bañarse, a perfumarse, y a vestirse de azul. Ordena el loft, cambia las sábanas. Abre las ventanas para que el viento limpie las tristezas y se lleve con él las dudas, dejando que el sol renueve la confianza. Sale a comprar comida y flores. Pone música clásica.

Esperanzas blancas.

4

NUEVA YORK, 5 DE ENERO DE 1987, 12:55 P.M.

"Al principio él la besa con cautela…".

—Mi amor… ¿Qué pasó? ¿Estás bien? —dice desde el umbral de la puerta, llevando las dos manos hacia su cara moretoneada.

—Sí, estoy bien, no te preocupes, nada grave. Además, ya pasó. No quiero arruinar este momento hablando de eso ahora, después te cuento… —Lo abraza y se acerca para besarlo.

Al principio él la besa con cuidado, contemplando las heridas mutuas. Saboreando el reencuentro.

La besa y la toca con cautela, como queriendo comprobar que realmente esté allí. Confirmar que no sea un sueño, o una trampa.

Ella lo comprende y se deja tocar. Le sonríe con ternura. Acaricia su cara, sus cejas, su boca. Lo abraza y le susurra aquellas mismas melodías que él le cantó en el museo hace tan sólo unos meses. Un siglo.

Nicolás hunde la cabeza en su hombro, la abraza, llora. Se aferra a su cintura. Llora despacito y en silencio. Un llanto contenido y tímido.

Ella le acaricia el pelo, lo mece. Le dice al oído: —Perdoname mi amor, perdóname. Ya pasó… Pasó lo que tenía que pasar… Pero te juro que esta vez va a ser distinto.

Luego de perderse en el páramo de las dudas él se recupera. La mira. Se aleja un poco, la toma de las manos y le dice en un suspiro: —Bienvenida.

5

NUEVA YORK, 8 DE ENERO DE 1987, 8:22 P.M.

"…los hombres que eligieron las mujeres que yo amé".

Se dedican a amarse, detenidamente, de todas las maneras posibles. Con urgencia, con ternura, con violencia. Con los ojos cerrados y con los ojos abiertos. Con alegría y con melancolía.

Se aman, comen y duermen entrelazados durante tres días. Se olvidan del mundo y sus rutinas para dedicarse exclusivamente al reencuentro. Se olvidan del pasado y del futuro. No hablan, sólo quieren tocarse y sentirse.

En el anochecer del tercer día él finalmente le pregunta: —¿Qué pasó en Buenos Aires? —Mientras le acaricia delicadamente el labio herido.

La habitación está en penumbras. La luz de la luna llena ilumina sus cuerpos desnudos que se acomodan uno frente al otro.

—Pasó lo que tenía que pasar para que me despertara. Pasó que la noche de Año Nuevo Bernardo tomó mucho, y como no pudo soportar más que no quisiera acostarme con él me violó. Pero la violación más dolorosa no fue la física, sabés, fueron sus palabras. Sus palabras me despertaron de un sopor, corrieron un velo, me liberaron. Aunque me dolió muchísimo todo lo que dijo, y fue un *shock* escucharlo, le voy a estar siempre agradecida por haberse quitado la máscara. Así pude elegir con claridad. —Hace un silencio y se queda pensando—. Por otro lado estuve reflexionando mucho... Mi abuela conoció a mi abuelo en una noche de Año Nuevo, y yo estoy aquí gracias a ese encuentro... Y en una noche de Año Nuevo también terminó mi matrimonio.

A veces pienso que es como si Bernardo fuera la síntesis perfecta de un montón de hombres. Una mezcla de mi abuelo y de mi padre, de los hombres que eligieron las mujeres que yo amé. ¿Quién elige? me pregunto. Mi desencuentro con los hombres en la vida es tan parecido al de ellas. Yo soy una parte de ellas, y ellas viven a través mío. —Ahora Mariana mira al techo mientras habla, como hablándose a sí misma. Habla pausado, haciendo silencios y dejando que las palabras resuenen en el espacio. Nicolás la mira—. No quiero ser una simple repetición de ellas, un títere en una obra que viene repitiéndose hace siglos, con un guion que encima es pésimo. Torpe. Aburrido. Estoy harta del desencuentro y el miedo.

Los cuerpos se acercan. Él besa sus labios primero, luego su frente, luego sus párpados. Ella toma las enormes manos de él entre las suyas llevándolas hacia su pecho.

—Quiero amar sin miedos. Abrirte mi corazón y descubrir lo que es ser amada. No sé cómo se hace Nico, pero sé que es con vos. Y quiero intentarlo. Amo tu corazón desprendido y sabio. Pero yo no soy como vos, te lo advierto. No sé ser libre y generosa, pero te juro que voy a intentarlo. Quiero enfrentar mis miedos. Y ahora el peor de ellos es envejecer a tu lado. Que esta felicidad no dure para siempre. Vas a pensar que estoy loca, pero hoy a la mañana cuando hacíamos el amor pensé: "Soy tan feliz que quisiera morirme en este momento, vivir eternamente en él, no dejar que el tiempo y la vida me lo roben, como me robaron tantas cosas...". Hubiera querido que los dos muriéramos en ese instante, permanecer eternamente ahí, juntos. Si fuera escritora o directora de cine escribiría la palabra fin, y me plantaría aquí. —Sonríe—. Te juro.

—¡Qué poca fe que nos tenés mi amor! Todavía no entendés que tome la forma que tome, nuestro amor no se termina. Lo que nos une es infinito, y la barrera es el miedo. Las formas que tenga que tomar serán las que tenga que tomar. Pero no vamos a dejar de vivirlo sólo porque no podemos controlar lo que pueda pasar en el futuro, o por miedo a ser torpes. Justamente de eso se trata, ¿no? De aprender a dejar de ser torpes. No hay error en los errores, son parte del camino. ¿Por qué estás tan segura de que yo te voy a dejar? Pueden pasar tantas cosas. No hay manera de saberlo. Puedo morirme antes de que envejezcas.

—Ay, ¡no digas eso! Pero es verdad, es verdad, no hay manera de saberlo... Y es verdad que tengo un pequeño problemita con el tema del control, eso te lo reconozco. Bernardo no es el único. Has dado en la tecla, mi sabio amigo. ¡Te odio! —Le pega en el hombro cariñosamente—. Se supone que acá la sabia debería ser yo, no vos. Mocoso insolente.

Ríen, sonríen, se distienden.

Nada como la alegría para disipar el miedo.

6

NUEVA YORK, 1987

*"Enfrentando con la frialdad de un asesino
la ardua tarea de exterminarla".*

El divorcio fue rápido y sin complicaciones. Bernardo comprendió que la había perdido. Si bien en un principio todo parecía indicar que no podría vivir sin ella, rápidamente encontró consuelo en los brazos de otra. Él mismo no supo distinguir si esta mujer (y las que la siguieron) fueron un consuelo para olvidar y aceptar lo inevitable, o si realmente logró soltarla. Lo cierto es que después de aquella noche de Año Nuevo lo irremediable de lo sucedido lo liberó también a él. Ya nunca volverían a estar juntos, y no había vuelta atrás. Aunque quisiera. Si bien el dolor era enorme, saber a ciencia cierta que no tenía retorno era mejor que la incertidumbre o la desagradable sensación de estar perdiendo la lucha, a su pesar. No era un hombre acostumbrado a perder en nada.

Así que aceptó la derrota, finalmente, abrió la jaula y la soltó. Hicieron la división de bienes sin conflictos ya que Mariana pidió sólo lo indispensable para empezar una nueva vida, y se mudó a un departamento en el Village cerca de Nicolás. Lo suficientemente cerca, y lo suficientemente lejos.

Él vendió el departamento de la Quinta Avenida y se mudó a un apartamento cerca del Rockefeller Center. Se dedicó a escribir, obsesivamente, y sus libros tuvieron más éxito que nunca.

Una vez que los trámites del divorcio estuvieron listos no quiso saber más nada de ella. La dio por muerta. Necesitaba arrancarla de cuajo de su vida como si nunca hubiera existido, y así lo hizo. La sola idea de imaginarla con Nicolás era sencillamente insoportable. Así que decidió resolver el entuerto matándola, borrando minuciosamente cada rastro de su paso por su vida. Con la precisión de un cirujano extirpó cada recuerdo, cada pensamiento asociado a ella, eliminando de su corazón cada sentimiento alguna vez sentido. Enfrentando con la frialdad de un asesino la ardua tarea de exterminarla.

Triunfó, pero para cuando terminó estaba vacío. Sin pasado. Ella estaba en todos lados.

7

NUEVA YORK, 1987-1988

"…comenzaba a tener un sentido. Finalmente".

Mariana decidió que necesitaba vivir sola. Empezó un curso de fotografía en la Universidad de New York, y lo que comenzó siendo un *hobby* derivó en lo que terminaría siendo una nueva profesión. Pasaba los días recorriendo la ciudad con su cámara de fotos a cuestas, descubriendo las infinitas maneras de ver la realidad, capturándola. Ahora con elementos nuevos: filtros, lentes, *zooms*. Novedosos conocimientos sobre las luces y las sombras.

Los encuentros con Nicolás fueron cada vez más fluidos, más cómodos y divertidos. Compartían la cama, los intereses y la vida. Se juntaban a hacer el amor, a cocinar, a leer y a ver películas. Dormían juntos; muchas veces en la casa de él, otras en la de ella, y otras tantas separados. Los separaban sólo cinco cuadras.

La producción artística de Nicolás se hizo más prolífica. Yutta logró varias ventas importantes, y su nombre comenzó a sonar en el mercado artístico cada vez con más fuerza.

Después de un año de estudio y muchas prácticas, Mariana consiguió un trabajo de fotógrafa en una revista de decoración. Comenzó viajando a los Hamptons para sacar fotos de casas sobre el mar. Luego de un tiempo descubrió que estaba más interesada en jugar con las luces y las sombras de los atardeceres y con el vuelo de los pájaros que en sacar las fotos que se esperaba de ella. Rápidamente comprendió que lo suyo no eran estas revistas.

Entonces empezó a intentar entrar, aunque sea en un puesto de ayudante, a la revista *National Geographic*. Yutta la ayudó.

Su vida comenzaba a tener un sentido. Finalmente.

8

Nueva York, 18 de septiembre de 1988, 8:18 p.m.

"Pone a rodar el mundo frente a ella".

—Mi amor, tengo una sorpresa para vos... —dice Nicolás sonriente, apoyado contra el marco de la puerta del loft.

Desde un parlante Suzanne Ciani interpreta "La velocidad del amor" habitando con sus notas cada recoveco del espacio. Unas velas encendidas son la única fuente de luz, y el aroma dulzón de unos jazmines lo impregna todo.

Mariana sonríe y lo abraza emocionada.

—Qué lindo mi amor. ¡Qué linda sorpresa!

—La sorpresa todavía ni empezó —Nicolás sonríe satisfecho. La lleva de la mano hacia la barra. Allí descansa un mapamundi giratorio.

—¿Y esto? —pregunta ella, entre confundida y entusiasmada.

—Vendí toda la producción de este año y quiero hacerte un regalo. Te regalaría el mundo mi amor, pero no puedo. Así que te propongo que lo recorramos. Es una oportunidad para que vos saques tus maravillosas fotos, y para que yo reponga energías antes de ponerme a pintar de nuevo. —Acerca un pañuelo de seda hacia su cara mientras le tapa con él los ojos—. Dejá que tu instinto decida el lugar adonde vamos a ir... —le susurra al oído.

Pone a rodar el mundo frente a ella. La bola azul gira feliz y libre, acompañada por la música. Mariana gira con ella. Sonríe.

—Donde pongas el dedo, allá iremos —dice Nicolás, acompañando la mano hacia su destino.

El dedo de Mariana busca un punto. Se apoya sobre el globo, como besándolo. El mundo se detiene. Ella se saca el pañuelo de los ojos sin retirar la mano del punto elegido y mirando a Nicolás con una sonrisa traviesa. Se acercan con curiosidad hacia la esfera prendiendo la luz de la barra para ver el destino con mayor claridad. Es una zona de islas en el Océano Índico, entre África e India. Arriba de Madagascar. Las islas Seychelles. Son un complejo de ciento quince islas esparcidas a lo largo del océano. Un paraíso tropical ubicado a cuatro grados del Ecuador.

—¡No podés haber elegido mejor! —grita él, entusiasmado. Ella se lleva las manos a la boca y levanta los hombros, al tiempo que cierra los ojos con fuerza como queriendo frenar un alarido.

—¡Nos vamos al paraíso carajo! ¡Ahí vas a tener todos los pájaros que quieras para fotografiar! —Sonríe.

—Hay Nicolás, mi amor... ¡Gracias! ¡Gracias! Es el mejor regalo que recibí en mi vida, te juro. Después de tu cuadro, claro.

Feliz, entusiasmada. Le estampa un contundente beso y un abrazo.

9

Nueva York, 31 de octubre de 1988, 2:20 p.m.

"…aprovechan para decirse todo aquello que hubieran querido decirse, y nunca se dijeron. Lo que durante horas y días y meses de insomnio lamentaron no haber dicho".

Mariana ingresa al parque somnolienta. Viene de almorzar con amigas luego de una clase en la universidad. Camina arrastrando los pies.

El Washington Square Park es su parque preferido. Queda cerca de su departamento, y algo la atrae irrefrenablemente a él. Se dirige hacia la sombra de un antiguo olmo para resguardarse del sol. Despliega una manta, y se echa sobre ella bajo las frondosas ramas. Cierra los ojos. Descansa.

Morfeo la recibe en sus brazos.

Se encuentra en el mismo parque, bajo el mismo árbol, pero años atrás. Siglos. Tal vez dos.

A lo lejos ve una procesión. Ahora el parque es un cementerio, y el ritual lejano un entierro.

Se acerca una joven mujer. Es muy bella. Su pelo largo y negro esconde sus pequeños pechos. Tiene la piel ligeramente teñida de amarillo, y está desnuda. Sus pequeños pies están lastimados de tanto deambular.

—¿Qué haces aquí? —inquiere la pequeña dama.

—No lo sé —responde Mariana.

—¿Tú también estás perdida?

—No lo sé. ¿Tú estás perdida? ¿Necesitas ayuda?

La mujer llora. Sus enormes ojos verdes se abren, inmensos, como queriendo ver a través de ella.

—¿Puedes ayudarme? Quiero volver a casa, pero no encuentro el camino. Lo último que recuerdo es la fiebre alta, y los vómitos. Unos extraños vómitos negros. Y la cara de preocupación en el rostro de mi esposo, Stefan. Mi adorado Stefan. Tengo que volver a casa. Me espera. Debe estar muy preocupado por mí…

Mariana la mira extrañada. Su desnudez no la asombra, pero sí el color de su piel y la expresión en su rostro. Observa la procesión a lo lejos, y luego vuelve su mirada a ella. Pero al hacerlo la mujer ya no está.

Se dirige hacia el entierro impulsada por una fuerza potente y desconocida. Al llegar allí la procesión tampoco está.

Ahora un hombre joven llora ante una tumba. Tiene sus manos entrelazadas y observa los árboles a lo lejos con la mirada como perdida. Inclinado sobre sus rodillas, cavila.

—Dile que lo amo —le susurra la mujer, reaparecida a su espalda. Al comienzo Mariana se asusta con su aparición, pero luego asiente con la mirada—. Que no sienta culpa. Dile que lo comprendo, que es un hombre joven y tiene derecho a rehacer su vida. Dile que Danisa, su amada esposa, quiere verlo feliz. Honrar su vida. Que estoy lista para partir.

—¿Stefan? —lanza Mariana, tímida.

Stefan se da vuelta. La observa sorprendido. Los ropajes de esta mujer que apareció tan repentinamente de la nada le resultan muy extraños. Todo en ella es bizarro.

—Danisa me ha pedido que le diga algo.

Él se levanta y da unos pasos hacia atrás, tropezando con una tumba. Siente el impulso de correr, pero algo lo mantiene petrificado, anclado en el espacio.

—¿Quién es usted? ¿De dónde ha salido? ¿De dónde conoce a mi esposa?

—Eso no importa Stefan. Lo importante es que ella ha estado intentando comunicarse con usted. Y que tiene algo importante para decirle: que quiere que sea feliz, que rehaga su vida. Que la deje ir.

Danisa asiente tras Mariana con los ojos llorosos, mirando atentamente a su esposo.

—Dile que lo amo. Que nunca dejaré de amarlo.

Mariana oficia de intermediaria.

Al comienzo él duda. Pero luego, tras varios datos precisos se convence de lo imposible.

Los amantes aprovechan para decirse todo lo que hubieran querido decirse y nunca se dijeron. Lo que durante horas y días y meses de insomnio lamentaron no haber dicho.

Se despiden.

El doloroso ritual tantas veces repetido, hasta el cansancio: el de las pérdidas y las despedidas.

Inesperadamente Mariana ve una interminable procesión de almas en pena buscando su ayuda. Vienen hacia ella desde distintas partes del cementerio. Desesperadas, suplicantes.

Se despierta agitada.

10

NUEVA YORK, 31 DE OCTUBRE DE 1988, 3:12 P.M.

"…salvado en el último instante por una sonrisa".

Despierta dentro de otro sueño.

Una multitud enardecida grita al unísono "¡Colgadlo! ¡Colgadlo!". Mariana intenta avanzar entre la multitud. Asustada. Confundida. Tiene veinte años, y una criatura en brazos. Le protege la cabeza con las manos al tiempo que golpea desesperada con sus codos a los que se interponen en su camino.

Un hombre de aspecto recio se halla parado junto a una orca sobre una plataforma de madera improvisada bajo el joven olmo. Es el mismo parque, en otro tiempo. Carga con una barba de varios días y su mirada es desafiante. Observa a su verdugo enlazar el nudo con desdén. Parece decidido a enfrentar la muerte con valentía, hasta que la ve. En el instante en que posa sus ojos sobre ella su aspecto cambia. Comienza a temblar ligeramente, controlándose para que nadie lo note.

Ella arriba a la primera fila agitada, aferrada a su niña. El pelo enmarañado y la ropa sucia le dan una apariencia desgreñada. Se ve extenuada. Cierra los ojos y suspira con alivio. Luego los abre y mueve los labios en dirección hacia él dibujando palabras que atraviesan la multitud. Certeras, invisibles, a tiempo. Palabras piadosas.

"Aquí estoy. Aquí estamos. No estás solo".

El verdugo coloca la cuerda. Un silencio cargado de odios y resentimientos los rodea. Él la mira y se mira en ella. Comprende por primera vez que lo único bueno que ha tenido en su vida han sido estas dos mujeres, y no ha sabido cuidarlas. Le pide perdón con la mirada. Ella comprende y asiente en un gesto afirmativo llevando una mano hacia la cabeza de su hija. Llora. Llora y sonríe. Él le devuelve la sonrisa.

En ese instante el verdugo le coloca la capucha. "¡Muerte al asesino!", grita la multitud enardecida.

Ella se lleva una mano hacia la boca apretando los labios y conteniendo el aliento. Se propone firmemente no cerrar los ojos. Acompañarlo hasta el final.

Se abre el abismo a sus pies. La soga rodea el cuello, apoderándose de él. El cuerpo cae pesado.

Y él vuela, repentinamente libre, salvado en el último instante por una sonrisa.

11

NUEVA YORK, 31 DE OCTUBRE DE 1988, 8:02 P.M.

"…todos los amantes a través de los siglos".

—Mi amor, tengo miedo. Tengo miedo de estar volviéndome loca. Me pasó algo rarísimo, y no me animo a contárselo a nadie, salvo a vos.

—Qué pasó bonita por Dios, ¡Me asustás! —dice Nicolás, dejando de lado las anotaciones en su agenda mientras se acomoda frente a la barra.

—Hoy tuve una experiencia loquísima después de almorzar en el parque. Dos sueños seguidos, uno tras otro —Mariana se sienta en la banqueta de enfrente—. No sólo los sueños fueron rarísimos, sino la sensación que tuve después. Fueron tan vívidos, que es como si los hubiera vivido. Y me dejaron una sensación muy inquietante, como si todavía no terminara de despertarme. De hecho, siento que no me desperté del todo. No sé cómo explicártelo.

—Te entiendo perfectamente, los primeros quince años de mi vida fueron así... ¿Qué viste?

—¿Esas eran tus sensaciones de chico?

—Sí. Sin duda.

—Bueno... y después de todo, no estás tan mal che. ¿No? Me alivia. Poder compartirlo con alguien que me entienda. No sabés la angustia que tengo. Esto me da mucho miedo, no me divierte nada sabés. Le tengo pánico a la locura. Supongo que por eso me hice psicóloga.

—Contame lo que viste.

—Fui a dormir al Washington Square Park después de almorzar, porque estaba somnolienta y quería recuperarme antes de encarar la tarde. Me recosté bajo el viejo olmo y me dormí profundamente. De repente me vi en el mismo parque, pero siglos atrás. Muy loco. El olmo no era tan grande, era más chico, y el parque era un gran cementerio. Aparecía una mujer desnuda pidiéndome ayuda, era muy bonita. Me decía que estaba perdida. Se la veía desesperada pobre, quería volver con su esposo, Stefan. Me pedía que la ayudara a encontrar el camino de vuelta a él. Al principio todo era muy confuso, pero después yo me daba cuenta de que en realidad estaba muerta. Por algún motivo yo podía verla, aunque era un fantasma. Me descuidaba unos instantes y desaparecía. Entonces una fuerza extraña y poderosa que yo no controlaba me llevaba hasta una tumba del otro lado del parque adonde su marido la estaba llorando. Una vez que yo llegaba ahí ella volvía a aparecer, pero ahora con conciencia de estar muerta. Me pedía que la ayudara a despedirse, que él no podía escucharla. Pobrecita. Me parece que había muerto de fiebre amarilla, por su aspecto. Cuando yo intentaba explicarle a su marido lo que estaba pasando, él se asustaba. Pero después de mencionarle algunos datos que era imposible que yo supiera se convencía. Él era un caballero de otro siglo, me miraba como si yo fuera una aparición y en realidad lo era, ahora que lo pienso... Qué bizarro... —Nicolás la escucha con los ojos llorosos, prácticamente sin respirar.

—Yo sentía una mezcla de compasión, pena y alegría inmensas. Compartir ese momento tan íntimo y sagrado, hacer de intermediaria entre los dos mundos. Facilitar la despedida. Podía sentir cómo el amor me atravesaba. Era el amor de ellos, pero también era el nuestro. Era el de todos los amantes a través de los siglos. Estamos condenados al desencuentro Nico, tarde o temprano... De todas las formas posibles. Es tan doloroso despedirse. Ellos lo lograban al final, la profundidad de su amor les permitía hacerlo. Encontraban la manera. —Silencio.

—Entonces aparecían almas en pena de todas partes del cementerio buscando ayuda. Fue aterrador. No sé cómo explicártelo, pero pude sentir el dolor y la desesperación de toda esa gente atormentada. Algunos venían hacia mí casi con violencia, exigiendo mi ayuda. Cerré los ojos para escapar, era inabordable tanto dolor. —Silencio. Mariana revuelve el café con los ojos perdidos en el líquido oscuro, como sumergida en él. Nicolás la escucha atentamente.

—Cuando cerré los ojos para escapar fue como si hubiera aterrizado en otra escena. En el mismo parque, pero en otro tiempo, menos antiguo. Estabas vos mi amor. No eras vos, pero eras vos. Te estaban por ahorcar de una de las ramas del olmo. Un verdugo espantoso te ponía una capucha. Era horrible, ridículo. El odio de la gente. Vos habías asesinado a alguien y estaban todos desesperados por venganza, creyéndose distintos. Como si tu muerte sí fuera justa. Yo tenía veinte años y cargaba a nuestra hija en brazos. Corría hasta ahí para acompañarte. No quería que murieras solo. Quería que tu hija y yo fuéramos lo último que vieras antes de morir.

A Nicolás le ruedan un par de lágrimas por las mejillas, Mariana se acomoda sobre la barra llevando sus pulgares hacia él para enjugarlas.

—Mi amor. ¿Al final será verdad eso de que venimos encontrándonos desde siempre? No sé, tengo tantas dudas... Pero fue tan vívida la sensación de tener a nuestra hija en brazos, lo único bueno que tuve en esa vida, tu regalo. El dolor de verte morir así, el hambre, el cansancio... —Acaricia sus manos.

—Fue tan raro, en los pocos minutos que duró el sueño pude verlo todo, vívidamente. La hambruna, la miseria, el abandono. Como si hubiera podido revivirlo todo en un segundo, con una claridad asombrosa. Hasta los olores me acuerdo, como si todavía pudiera olerlos. No se van.

Nicolás se para. Atraviesa el espacio en dirección hacia ella pasando por el costado de la barra. La abraza.

—No estás loca mi amor, no tengas miedo. Te estás despertando, estás recordando, eso es todo. Tiene sentido. No era justo que yo recordara solo.

—Es que no sé si quiero despertarme... —dice Mariana aferrándose al abrazo, cerrando los ojos.

12

Nueva York, 10 de noviembre de 1988, 10:40 a.m.

*"Se asegura tras el muro, y sella minuciosamente cada grieta.
Esto no es para ella. No. Se niega".*

Días después Mariana se dirige hacia la biblioteca para averiguar sobre el pasado del parque. Allí se entera de que en sus comienzos fue un cementerio público.

"En abril de 1797 el Consejo Municipal de Nueva York compra las tierras de cultivo utilizadas por los holandeses y crea el Campo del Alfarero, un cementerio público constituido en las afueras de la ciudad, donde se enterraban a los desposeídos y a los indigentes".

"Allí también se enterraban, como medida higiénica lejos de la ciudad, a las víctimas de la fiebre amarilla. Esta fue una de las epidemias que azotó la primera mitad del siglo diecinueve, también llamada el vómito negro por su síntoma característico: un vómito repentino y abundante de color oscuro, debido a las hemorragias internas".

"Se presume que bajo sus entrañas descansan los cuerpos de 20 000 almas".

"La leyenda dice que luego de que el cementerio fuera clausurado en 1825 y se creara allí la Plaza de Armas de Washington en su lugar, este sería el escenario de ejecuciones públicas bajo "el Olmo del Verdugo". Sin embargo en los registros públicos solamente consta la inscripción de una sola ejecución, un ahorcamiento".

Mientras lee esta información el cuerpo le tiembla.

En este instante Mariana decide que va a hacer lo que sea para no recordar. Cierra todas las compuertas. Traba todas las puertas. Se asegura tras el muro y sella minuciosamente cada grieta. Esto no es para ella. No. Se niega.

Pasarán muchos años antes de que la fortaleza se derrumbe y logre recordar.
Lo que le queda de vida.

13

ISLAS SEYCHELLES, 4 DE ENERO DE 1989, 10:14 P.M.

"…en la noche más romántica de mi vida,
mirá las cosas que me venís a decir".

La noche está estrellada y el ruido del mar a lo lejos es un murmullo suave, adormecedor. La isla es pequeña. Las cabañas acogedoras.

La intención de los Zum, la pareja de sexagenarios que creó este hospedaje en medio del paraíso está cumplida, piensa Mariana. Crear un ámbito donde poder disfrutar de la naturaleza de la manera más orgánica y naturalmente posible. Sin electricidad, ni teléfonos, ni televisión. Cabañas sencillas e integradas al entorno.

Ni bien aterrizaron en las Islas Seychelles Mariana y Nicolás tomaron una avioneta que los llevó directamente hacia la Isla de los Pájaros. La increíble variedad de aves de todas las especies, sumada a la posibilidad de vivir en contacto directo con la naturaleza los convenció de inmediato que esta era la isla que buscaban.

Mariana sintió una oleada de simpatía instantánea por Marie Therese, la dueña del complejo. Ella fue quien los recibió luego del vertiginoso vuelo sobre la colonia de corales. Algo en la calidez de su mirada y la ternura con que la vio tratar a su esposo la atrajeron de inmediato.

Marie Therese recibió a la pareja con los brazos abiertos. La mirada triste de Mariana, sumado a la notable diferencia de edad en la pareja provocaron en la anciana el inmediato deseo de acogerlos.

Hace años ya que con su esposo decidieron refugiarse en el estrecho contacto con este mar y sus corales, entre las aves y las tortugas marinas. Fervorosos defensores de las especies en extinción, hicieron de esta isla un refugio no sólo para ellos y las parejas que alojaban, sino para la inmensa variedad de pájaros que encontraban cobijo en ella.

Las tortugas de mar, que entre octubre y febrero arriban a estas costas para el ritual anual del desove, también son libres aquí. Resguardadas de la depredación humana, este es un verdadero oasis adonde aparearse y anidar tranquilas.

Mariana reflexiona mientras observa las estrellas ovillada dentro de una hamaca tejida. Nicolás se acerca lentamente hacia ella. Viene del baño.

—Somos las personas más afortunadas del mundo, amor. —Se desliza a su lado—. Este lugar es el paraíso, y aterrizamos justo en el medio de él. ¡Te das cuenta lo que es esta playa, por Dios! —Mariana se hace a un lado para darle espacio. Nicolás se acomoda junto a ella sintiendo el calor de su cuerpo y entregándose al suave vaivén de la hamaca.

—Sí, es indescriptible, no alcanzan las palabras. Desde que llegamos siento como si mi cuerpo se hubiera ido ablandando, los hombros ya no me pesan, me siento más liviana. Es impresionante. Estoy tan agradecida con vos amor, con la vida que me permitió conocerte, y con el universo por ser tan generoso. Hay tanta belleza en él que siento que mi cuerpo no puede contenerla. Un fogón alumbra sus rostros dibujando en ellos destellos luminosos y regalándoles imágenes intermitentes, inolvidables.

—¿Sabías que aproximadamente el ochenta por ciento de las aves son monógamas, a diferencia de los mamíferos? Tienen una sola pareja en toda su vida adulta. Se aparean con ella, y cuando uno de los dos muere ya no vuelven a hacerlo con otra —dice Mariana, sorprendida—. Me lo dijo Marie Therese hoy por la tarde, me sorprendió muchísimo, no lo sabía. ¿Será así? ¡Qué curioso! Siempre nos llamaron tanto la atención los pájaros, y acá estamos, juntos en esta isla, traídos por el destino. Disfrutando de la mayor variedad de pájaros que vi en la vida... —Se aparta ligeramente para mirarlo a los ojos—. Yo nunca creí en la monogamia como obligación, a lo mejor porque no dejo de ser un mamífero, no sé. Pero hay algo en la devoción con la cual se encuentran estos animales y se aparean, que me conmueve tanto. Casi que hasta los envidio...

Nicolás sonríe mientras acaricia sus pies.

—No tenés nada que envidiarles mi amor, vos estás aprendiendo a volar, y tenés la misma o mayor capacidad amorosa que ellos, ya que tenés la capacidad de elegir. —Mariana pone expresión de incredulidad—. Los animales siguen el impulso de lo que su especie les exige, de manera ciega y sin opciones. En cambio nosotros podemos reflexionar, y con mucho esfuerzo elegir entre varias opciones. Ahí está el valor agregado ¿no? Sí, ya había leído lo de las aves, y su tendencia a la monogamia. Es interesante.

—Muy interesante, notable diría. ¿Habrá algo en la capacidad de estos animales para elevarse ayudados por el viento lo que los condiciona paradójicamente en esta dirección? Por un lado tienen esa maravillosa libertad, y por otro eligen compartir el vuelo con un sólo compañero. De todas las elecciones posibles.

—No lo sé. Lo que sí sé es que a pesar de ser un mamífero, por momentos me siento un ave. Estoy en ese extraño grupo de mamíferos que se aparean de por vida, por elección. Pero para mí la monogamia no tiene que ver con la procreación ni con la sexualidad, sino con el compromiso profundo a un vínculo, y serle fiel a ese compromiso. Casi todas nuestras elecciones están condicionadas ciegamente por las necesidades de la especie a la que pertenecemos, y elegir con libertad es casi un milagro. Yo no te puedo asegurar exclusividad sexual por el resto de mi vida Mariana, eso sería ridículo. —Mariana lo mira y se acomoda en la hamaca—. No lo tomes a mal mi amor, no estoy abriendo el camino para serte infiel, estoy siendo sincero. Ciento por ciento sincero. Es una ilusión, una verdadera ingenuidad creer que la sexualidad pueda agotarse en una sola persona por el resto de la vida. Esto lo tuve claro siempre. Sí puedo, y quiero, comprometerme a serle fiel a lo que siento por vos, y a proteger nuestra intimidad. Te diría que no puedo hacer otra cosa que ser fiel a lo que siento por vos. Aunque quisiera hacerlo de otra manera... Me sale así.

Mariana lo mira fijamente a los ojos. A lo largo de la charla sus cuerpos se han ido alejando. Ella está en un extremo de la hamaca, y él en el otro. Sus rodillas se tocan.

—Mirá... No sé qué pensar Nicolás. Una parte mía se alivia por tu sinceridad. Decís lo que todos pensamos, pero nadie dice. Pero por otro lado no sé si quiero tanta sinceridad, tan explícita. Que me digas abiertamente que vas a seguir acostándote con otras mujeres —cierra los ojos— no puedo tolerarlo. No quiero escucharlo.

—No me estoy cubriendo para poder acostarme con otras mujeres. Lo que te estoy diciendo es que no creo en la posesión, ni en los decretos. Creo que ejercer el derecho a la libertad implica que asumamos desde el vamos que la opción de que aparezcan terceras personas entre nosotros es posible, y lo importante es qué elegimos frente a esa realidad. Como adultos responsables, no como chicos asustadizos que obedecen a una autoridad externa por miedo al castigo. Yo quiero darte esa libertad, y quiero que vos me la des a mí, que confíes en nosotros. Que confíes en la fortaleza de nuestro vínculo. Aunque podamos sentirnos atraídos por terceros, yo confío en nosotros.

—Qué fácil es para vos. Tenés veintisiete años, sos un bombón, talentoso, podés tener a la mujer que quieras. Claro que estás tranquilo. Yo tengo cuarenta y cuatro mi vida, y por mejor que esté los atractivos femeninos son tanto más efímeros. Corrés menos riesgos que yo, si de competencia se trata.

—Es que justamente de eso estamos hablando, no me estás escuchando. No se trata de competencia. Además, te subestimás si creés que vos no podés atraer hombres de la misma manera en que yo puedo atraer mujeres. Cuando estabas con Bernardo yo no te pedí que lo dejaras por mí, no te obligué a elegir. Te pedí que fueras fiel a lo que sentías por mí, además de serle fiel a él. No es excluyente. El resto decanta solo, las cosas encuentran su lugar. Este no es un planteo egoísta. Es la propuesta de ser sinceros con nosotros mismos, y con el vínculo. Es mi compromiso a serle fiel a mi intención de serte honesto, justamente porque confío plenamente en lo que nos une, y en que esta vez vamos a saber cuidarlo.

—Ay Nicolás por qué tendrás esa manía de ser tan sincero. En este paraíso terrenal, en la noche más romántica de mi vida, mirá las cosas que me venís a decir...

—No entendés Mariana, el miedo no te deja ver. Es la declaración de amor más sincera y profunda que un hombre pueda hacerle a una mujer.

Las palabras quedan resonando en el vacío.
Una vez más Mariana se aferra al abrazo para no escuchar.
Es largo y sinuoso el camino hacia la libertad.

14

ISLAS SEYCHELLES, 10 DE ENERO DE 1989, 11:00 P.M.

"Escondida entre las sombras Mariana escucha, y llora".

Las hembras se dirigen lentamente hacia un lugar elevado en la playa donde desovar. Formando parte del grupo que coordina Marie Therese, Nicolás y Mariana observan atentamente el ancestral ritual de las tortugas marinas. Se han camuflado detrás de unos árboles para no asustar a las atareadas madres.

Protegidas por la oscuridad de la noche las tortugas salen del mar buscando un lugar lejos de la marea. Allí cavan hoyos de la profundidad de sus aletas y desovan dentro, algunas hasta cien huevos. Luego los entierran y los camuflan para que no sean descubiertos. Al terminar regresan rápidamente al mar. Las pequeñas tortugas nacerán por sí mismas en presencia de sus hermanas. Los huevos se incubarán solos, escondidos en sus nidos bajo la arena gracias al calor del sol.

—Las tortugas de mar tienen un sentido de la orientación extraordinario, lo cual les permite regresar a poner sus huevos al mismo lugar donde nacieron —comenta Marie Therese orgullosa—. Entre octubre y febrero migran desde las zonas donde se alimentan hacia estas playas de desove donde alguna vez nacieron, para perpetuar así el ciclo. Se aparean con los machos en aguas profundas, y luego salen de ellas sólo para desovar. Son muchos los obstáculos que tienen que sortear las crías para sobrevivir tras salir del cascarón: las aves que esperan agazapadas el momento de la frenética huida hacia el mar, los cangrejos, los peces hambrientos. Las pocas que logren sortear estos obstáculos serán las que logren vivir muchos años. La luz del atardecer reflejada en las olas es la guía para su supervivencia. La puesta de sol es la señal que usan para encontrar el camino —Marie Therese habla con devoción de estas criaturas a las que admira, y a quienes les ha dedicado parte de su vida—. Su caparazón, que al comienzo es débil, pronto las protege y les permite retraerse ante el peligro. Las tortugas en todas las culturas han sido un símbolo de fertilidad y longevidad, de paciencia, fuerza y resistencia. Un símbolo de sabiduría. Los antiguos leían las fuerzas del cosmos en sus caparazones, y como muchos recordarán están claramente representadas en las iconografías que muestran una enorme tortuga sosteniendo un elefante, sosteniendo el mundo. Su imagen está íntimamente ligada a los orígenes. De hecho, es el reptil más antiguo sobre el planeta. En peligro de extinción, por cierto, pero luchando por su supervivencia.

Escondida entre las sombras Mariana escucha, y llora. Conmovida ante el pulso de la vida y su sabiduría.

Nicolás cree comprender el motivo de su llanto, se acerca hacia ella y le acaricia suavemente el pelo.

—Tendremos otros hijos mi amor, la vida toma muchas formas —le susurra al oído.

Ella sonríe melancólica. Le tiende una mano, lánguida, y sigue llorando.

15

ISLAS SEYSHELLES, 20 DE ENERO DE 1989, 9:22 A.M.

*"…que sea acá donde podamos reencontrarnos. En esta playa,
con estos colores y estas sensaciones, en estos cuerpos…".*

Hoy el mar está pintado de turquesa. La arena está tibia, y el cielo despejado.

Mariana y Nicolás caminan en silencio. Absorben la belleza del momento con todo el cuerpo. Su piel dorada y tostada por el sol está resplandeciente. El aire de mar y la paz de la isla ha relajado sus rostros, otorgándole una mayor luminosidad a sus miradas. Nunca, jamás en esta vida se verán más bellos que esta mañana de enero.

—Qué placer estar en este lugar de ensueño con vos Nico. Que seas mi cómplice. El testigo de que todo esto no es un sueño, de la felicidad que siento.

—De nuestra felicidad, linda. — Nicolás sonríe mientras la toma de la mano—. Gustosamente me ofrezco como testigo, y estaría más que dispuesto a que usted oficiara de testigo por mí —le dice bromeando, inclinándose ante ella en una reverencia—. Testigo de mi vida, de mi felicidad, y mis tormentos. —Al terminar le estampa un beso en el dorso de una mano.

—Una tía abuela mía una vez me dijo: "Guarde recuerdos m'hijita, para cuando sea vieja, acuérdese de lo que le digo. Más adelante va a vivir de ellos, y serán sus posesiones más valiosas. Recuerdos alegres, felices. La acompañarán siempre, y no se gastan con el tiempo. Al contrario, se embellecen". Me gustaría que este fuera uno de esos recuerdos, que podamos compartirlo. Incluso cuando nuestras vidas se terminen, si nuestra conciencia se mantiene de alguna manera... Que sea acá donde podamos reencontrarnos. En esta playa, con estos colores y estas sensaciones, en estos cuerpos. Dentro de unos años mi cuerpo ya no va a ser el mismo.

—¡Ay Mariana! ¿Querés conservar este momento? Vivilo a fondo sin aferrarte a él. Esta eterna nostalgia anticipada no te deja sentir a fondo la alegría.

—Tenés razón, tenés razón... Pero no puedo evitarlo. No sé cómo hacerlo de otra manera. Yo quisiera liberarme de este karma de la nostalgia anticipada, como decís. Me gustó tu definición — sonríe cómplice—, es tal cual. Pero no sé cómo se hace.

—Vení, quiero mostrarte algo. —Nicolás corre a través de la playa desierta hacia el sector donde las tortugas desovaron noches atrás—. Quiero enseñarte algo que me enseñaron a mí hace mucho, y me hizo mucho bien. Estamos justo donde nuestras amigas las tortugas enterraron sus huevos la otra noche, y me parece que simbólicamente es el lugar perfecto.—Mariana lo mira con curiosidad—. Sentate acá, observá lo que hago, y después lo copiás. Vas a ver que te puede ayudar a conectar con el presente de otra manera.

Nicolás se para firme sobre la arena mirando al mar. Afianza su cuerpo relajándolo y entregándole su peso a la tierra. Se ve tranquilo. Respira profundo. Comienza a girar. Gira hacia la izquierda sobre su eje, despacito, manteniendo un ritmo estable y lento. La cabeza acompaña el movimiento manteniéndose ligeramente inclinada hacia la derecha. Mira el horizonte sin fijar su vista en un punto específico, sino siguiendo el recorrido del círculo que dibuja su cuerpo. La mano izquierda se extiende a un costado con la palma mirando hacia abajo. La derecha se eleva hacia el cielo con el codo doblado a la altura de su pecho, y con la palma hacia arriba.

Mariana lo observa al principio sorprendida, luego con curiosidad.

Tras unos instantes comienza a percibir los detalles. La posición de las manos, la mirada fija, la increíble estabilidad de su cuerpo a pesar de los giros. Se mantiene firme, ladeándose ligeramente de un lado a otro, pero sin perder el equilibrio. Comienza a percibir la armonía.

Nicolás se mantiene girando por veinte minutos. La mirada fija en el horizonte. A medida que los giros avanzan parece cada vez más relajado. Como si una fuerza que no proviene de él lo estuviera sosteniendo, impidiendo la caída, dibujando un círculo perfecto que lo contiene haciéndolo girar sin esfuerzo. Un trompo bello y armonioso, girando con el viento frente al mar.

Cuando detiene el movimiento se muestra increíblemente estable. Conserva el equilibrio, y no presenta signos de mareo. Observa el mar con expresión de plenitud.

—Amo girar frente al mar. La inmensidad. Somos tan pequeños Mariana —dice luego de un rato, pausado y tranquilo. Mariana lo observa con admiración.

—¡Ay Nico! Querés matarme por Dios... No parás de sorprenderme. ¿Qué es esto que hiciste?

—Es lo que hacen los derviches, salvando las inconmensurables distancias por supuesto. Hace varios años, en una de mis tantas búsquedas, participé durante un tiempo de una orden Sufi. El sufismo es la corriente mística dentro del Islam. El fundador de la orden fue el maestro o Mevlana Rumi que propuso este método de perfeccionamiento espiritual basado en la poesía, la música y los recuerdos. Compuso una poesía cantada llamada Mathnawi que acompaña la ceremonia de las danzas giratorias denominadas semas. Estas danzas se hacen para generar estados místicos y de expansión de la conciencia. Creeme que algunos lo logran. Los derviches son los sufíes que practican estas danzas sagradas, los de la orden Mevlevi. Los giros representan el viaje místico, y reflejan la naturaleza giratoria de todo lo que se encuentra en la creación, desde las galaxias hasta los átomos— Nicolás se acerca hacia ella extendiéndole las manos—. ¡Pero basta de explicaciones intelectuales! Sentilo. Vení, vamos a probar —. La invita a levantarse extendiéndole una mano.

—No Nico, yo no voy a poder… ¡Estás loco! —dice ella resistiéndose, aunque finalmente termina levantándose a regañadientes.

—Por supuesto que sí, estoy totalmente loco, y vos vas a poder. Es una experiencia muy fuerte, es verdad, algunos no deberían ni intentarlo… Pero vos estás lista. —La acomoda mirando el mar y ubicándose detrás de ella la toma suavemente por los hombros—. Cerrá los ojos mi amor. Relajate, respirá profundo. Sentí como le entregás el peso de tu cuerpo a la gravedad, a la tierra. Dejá ir tus tensiones y los miedos, como si se chorrearan por tus piernas, lentamente. Sentí como la arena recibe todo lo que te pesa y te molesta, absorbiéndolo… Así te vas quedando liviana y lista —su voz es cadenciosa, camina alrededor de ella mientras le habla. Mariana poco a poco se va relajando—. Ahora abrí los ojos. —Cuando abre los ojos su mirada ha cambiado. Le acomoda el pelo tras la oreja—. Estás tan linda. —Le da un beso corto, torpe—. ¡Sigamos que me distraés! Te decía: sentí tu cuerpo flojo y relajado, liviano. Enfocá tu mirada en el horizonte y extendé tu brazo izquierdo hacia la izquierda con la palma de la mano para abajo, hacia la tierra. El brazo derecho levantalo con la palma de la mano hacia el cielo, recibiendo sus bendiciones. Sentí que sos una antena que recibe la energía del cosmos con la mano derecha, y la derramás sobre la tierra con la izquierda. Ahora empezá a girar despacio, sin fijar la vista en un punto en particular, más que en el horizonte. Dentro de un rato vas a sentir que estas quieta, y que lo que se mueve es el mundo alrededor tuyo… Probalo…

Mariana comienza a girar. Al principio lentamente, perdiendo en más de un giro el equilibrio. Luego encuentra un ritmo sobre el cual se monta, entregándose a un movimiento envolvente y estable. Uno, dos, cien giros.

Hasta volar.

16

ISLAS SEYCHELLES, 20 DE ENERO DE 1989, 11:04 A.M.

"…lo cotidiano cubre con velos todo lo que toca, enceguecíéndonos.
Ocultando la verdad".

Descansan sobre la arena mirando el cielo.

—Sentí que me expandía, no sé cómo explicarlo. La sensación era como que estaba en el horizonte, además de en mi cuerpo. Sentí el movimiento del planeta… Y por momentos casi que volaba. ¡Es maravilloso Nico! ¿Cómo no me hablaste de esto antes?

—Hace mucho que no lo practicaba. En una época lo hacía todo el tiempo, me ayudaba a enfocarme y a encontrar un centro dentro mío. Cuando entré en contacto con los sufíes y descubrí estas danzas circulares fue una verdadera revelación. Lo necesitaba. Pero evidentemente yo no nací para insertarme dentro de estructuras rígidas. Al principio creí que el problema era mío, que era un tema de rebeldía ante la autoridad. Pero después leí a Krishnamurti y fue un bálsamo. Entendí que mi sensación era legítima. Él decía: "La verdad es una tierra sin caminos, no es posible acercarse a ella a través de sectas ni religiones. La adoración a autoridades se transforma en una jaula que te aleja de la verdad interior y de la libertad. La verdad no puede encontrarse en los templos construidos por el hombre, ni en las ceremonias, ni en los libros… Bajen al mar donde sopla la brisa y donde las olas rompen unas con otras, allí, en la contemplación de la vida misma está la verdad, el amor y la belleza". Eso decía. Me acuerdo de todo como si fuera ayer. Lo puedo citar casi textualmente. "Sean libres, no sigan un maestro, no hagan de mí una jaula. No busquen la autoridad afuera de ustedes, sean sus propios maestros". —Las palabras de Nicolás rebotan en las olas.

Mariana lo escucha sentada sobre la arena en posición india. Sus manos acarician suavemente sus rodillas. Su cuerpo se bambolea mientras lo observa en silencio y se pregunta: "¿Quién es este hombre?". De pronto lo mira como si nunca lo hubiera visto antes, sintiéndolo un desconocido. Se sorprende. "¿Quién es realmente? ¿Por qué se habrá cruzado en mi camino?"

Vislumbra el misterio.

Registra cómo lo cotidiano cubre con velos todo lo que toca, enceguiéndonos. Ocultando la verdad.

—Todo está adentro Mariana, Krishnamurti decía que buscamos la felicidad y la verdad en lugares distantes, lejos de la vida, lejos de la alegría y del dolor. Pero la verdad es la vida misma, y una comprensión profunda de la misma. El único propósito de estar vivos es ésta revelación. Sin dogmas ni caminos prefijados—quita la mirada del horizonte para observarla—. Girá como puedas, no importa la técnica ni la perfección en los movimientos. Lo importante es el estado de tu conciencia mientras lo hagas, y lo que te sea revelado. No existe un único camino hacia la felicidad. Cada uno tiene que descubrir el suyo.

—Qué suerte que me encontré con vos en mi camino —dice ella.

—La suerte no existe mi amor.

17

ISLAS SEYCHELLES, 3 DE FEBRERO DE 1989, 8:08 P.M.

"Que Dios te bendiga hija…".

La estadía ha sido intensa, reveladora, sublime. Mariana ha descubierto que quiere dedicarse a la fotografía en zonas vírgenes como esta, y regresa con el firme propósito de editar un libro. Comienza a intuir la forma de volar.

Nicolás ha oxigenado cada célula de su cuerpo y retorna inspirado, listo para iniciar una serie sobre el mar. Lleva en su valija bocetos esbozados en papeles de todas las formas y tamaños posibles en tonos azules y violáceos.

Luego de un mes de estadía Mariana y Nicolás construyeron un vínculo de gran afinidad con Marie Therese y Philipe, quienes eligieron despedirse de ellos invitándolos a comer en su cabaña. Nicolás y Philipe están haciendo el fuego para cocinar un pescado al disco mientras Marie Therese y Mariana hacen unas ensaladas en la cocina. La noche es estrellada, y corre una suave brisa que juega con la luz de las antorchas desperdigadas alrededor de la mesa.

—Gracias por esta invitación Marie Therese, significa mucho para nosotros. De verdad. Gracias por compartir este paraíso con nosotros.

—De nada querida. Para nosotros ha sido un placer tenerlos aquí. Esperamos que vuelvan pronto, ya que no nos queda tanto tiempo.

—¿Por qué decís eso Marie Therese? —pregunta Mariana, preocupada.

—No te alarmes querida, simplemente estoy diciendo la verdad más llana de este mundo: que todo se termina. Nosotros claramente estamos llegando al final de nuestras vidas. Philipe cumple ochenta y dos el mes que viene, y yo tengo setenta y nueve. ¿Cuántos años más viviremos? ¿Diez a lo sumo? Y pasan tan rápidamente mi querida

—Sí, de eso ya me di cuenta, pasan rápido… — Mariana sonríe.

—¿Ya lo has notado? Bueno, precisamente es por eso son tan valiosos ¿no?

—Marie Therese sonríe—. Lo digo sin tristeza. Yo he vivido mi vida, plenamente. He tomado las decisiones que he querido, y no me arrepiento de ninguna. Muchas veces me he equivocado, sin embargo esos errores terminaron siendo grandes aciertos. Yo creo que las grandes deudas con uno mismo son por lo que quedó inconcluso, pendiente, no por lo que nos animamos a vivir. No es mi caso, yo fui valiente y me entregué a todo. El destino me regaló a Philipe para compartir la segunda mitad de mi vida, que por suerte es un gran compañero. No te voy a decir que no tuvimos nuestros terremotos en estos casi cuarenta años que llevamos juntos, pero supimos sortearlos. Hace veintiún años nos enamoramos de esta isla, y nunca más nos fuimos. Con la plata de su retiro y mis ahorros hicimos todo lo que ves aquí. Y hace diez años ya no salimos de la isla. Todo lo que necesitamos está aquí. La naturaleza, nuestros libros, y la vida que nos trae a nuestra puerta lo que necesitamos. Como ustedes por ejemplo, y esta encantadora velada.

—¿No tuvieron hijos? —se anima a preguntar Mariana. Marie Therese baja la mirada.

—Yo los tuve, pero esa es una larga y triste historia Mariana, que no quisiera recordar. Philipe no tuvo hijos. Cuando nosotros nos conocimos yo estaba intentando recomponer mi vida luego de una tragedia, y él era un lobo estepario que vagaba por el mundo. Tuvimos la fortuna de encontrarnos. Nuestro encuentro fue paulatino, yo no lo busqué. Él no tenía nada de lo que yo esperaba de un hombre, sin embargo aquí estamos. Poco a poco, y casi sin darnos cuenta, fuimos acoplando nuestras vidas. Y ahora él es el mejor compañero que podría tener, sin lugar a dudas. Y lo será hasta el final, cuando Dios lo disponga. Las aves que se refugian en la isla y las tortugas que nacen en la costa son nuestros hijos. Como verás... ¡Hemos resultado una pareja muy prolífica! —sonríe la anciana. Mariana le responde con una amplia sonrisa.

Luego de comer en abundancia y charlar hasta la madrugada se despiden en la puerta de la cabaña.

—Mañana salimos muy temprano, así que nos despedimos acá —dice Nicolás extendiendo una mano hacia Philipe, quien lo toma de la mano empujádolo hacia un abrazo.

—¡Venga ese abrazo hombre! Los vamos a extrañar... No es tan frecuente que las parejas se queden tanto tiempo y entablemos una relación tan estrecha. Ha sido un verdadero placer conocerlos, y los esperamos de vuelta cuando quieran. Invitación de la casa.

Marie Therese está parada a los pies de la escalera, se acerca hasta Mariana y la toma por los hombros, luego aparta un mechón de pelo rubio de su cara.

—Que Dios te bendiga hija, y si no volvemos a vernos... que tengas una vida larga y fecunda.

Mariana se conmueve. Le sonríe, la abraza.
Un abrazo prolongado y sincero.

CUARTA PARTE

La verdad

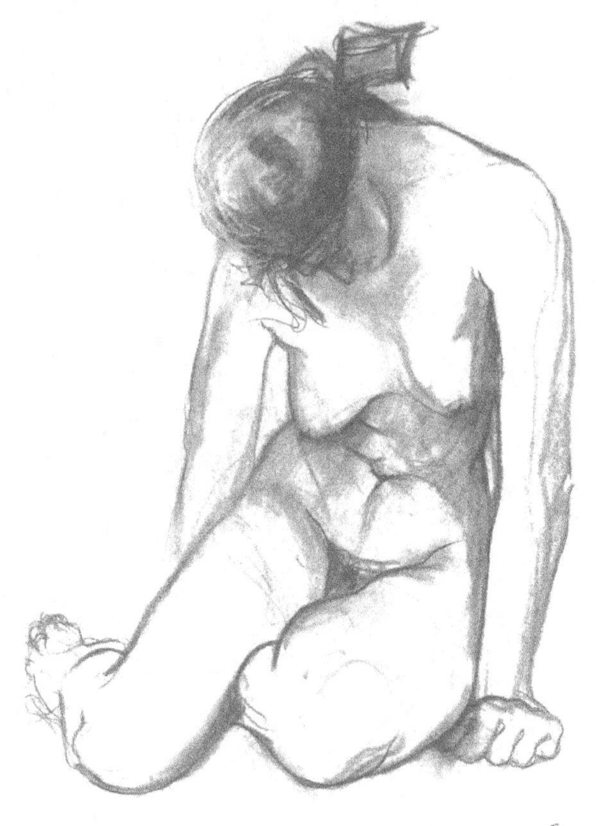

1

Nueva York, 14 de julio de 1998, 7:23 a.m.

*"…una pelirroja se entrevé asomando su cabeza, insolente,
a través del dosel de una puerta".*

Han pasado casi diez años. Diez fructíferos años.

Mariana despierta somnolienta en la amplia cama del departamento que comparte con Nicolás en el *Upper West*.

En dos meses cumple cincuenta y cuatro años. Los rastros del tiempo se dibujan en su rostro y en su cuerpo, sin embargo hay algo en su mirada que la hace ver más viva, más vital que antes. Como si otra mujer la habitara. Una mujer despierta, valiente y decidida, que en estos años ha aprendido a dejarse amar sin miedos y a desplegar en forma genuina sus talentos. Excepto por su inapelable negativa a recordar.

Los cambios la beneficiaron, y se nota.

Camina descalza agarrándose de la pared mientras medita sobre el sueño de anoche. Lleva puesto un camisón de algodón blanco que le llega hasta los pies. La pared oficia de guía en dirección a la cocina. Se prepara un café abstraída en sus imágenes interiores y cuando termina se dirige, entre sorbo y sorbo, hacia el estudio que queda en el ala este del departamento.

Cuando ingresa a la gran sala el sol de la mañana la encandila, se lleva una mano hacia el rostro intentando enfocar mejor la mirada. Nicolás está pintando un cuadro. Al verla entrar le sonríe. Ella se desplaza hacia él en silencio. Al mirar el cuadro siente que se le corta la respiración, duda unos instantes, pero finalmente decide postergar su comentario. Le da un beso corto en la boca y se dirige hasta un sillón para desplomarse sobre él. Cierra sus ojos, y se acurruca con la taza de café humeante haciendo equilibrio entre sus manos.

Nicolás ya cumplió treinta y siete años, se ha transformado en todo un hombre. Su cuerpo tiene otra consistencia, más robusta, y usa el pelo más largo. Es un hombre extremadamente atractivo, en la plenitud de su vida. El cuadro que está pintando es inmenso y de colores rojizos, con símbolos extraños en él. Una pelirroja se entrevé asomando su cabeza, insolente, a través del dosel de una puerta.

—Tuve un sueño muy extraño anoche Nico —dice Mariana todavía con los ojos cerrados. El sol acariciándole el rostro le da fuerza para continuar—. Fue un sueño muy claro y vívido, uno de esos... —Abre los ojos. Refuerza la importancia de las últimas tres palabras poniéndoles más énfasis. Nicolás deja de pintar y la mira.

—Uno de esos. Qué interesante. Contame. —Deja los pinceles, se limpia las manos y se sienta a su lado en el sillón. Ella le ofrece un sorbo del café, él lo toma y agradece con un gesto. Lo compartirán a lo largo de toda la charla.

—Yo estoy dentro de una hermosa glorieta de hierro forjado, es muy antigua. Hay rosales con enormes rosas blancas que despiden un aroma delicioso. —Mariana rememora el sueño con los ojos nuevamente cerrados, como si estuviera allí—. La glorieta es redonda, tiene unos seis metros de diámetro y está vacía. Yo estoy sola dentro. El piso bajo mis pies, que están descalzos, es de mosaicos antiguos. Como si fuera un patio andaluz. Siento un poco de frío, llevo solamente este camisón que tengo puesto ahora, pero sin ropa interior. —Se abraza a sí misma como intentando darse calor—. Todo es muy bello, como si no fuera de este mundo, un lugar de ensueño donde no se puede definir si es de noche o de día. Desde el principio me llama mucho la atención la falta total de sonidos. Como si estuviera dentro de una película muda. El silencio es tan abrumador que me genera una sensación de vacío. —Abre los ojos y vuelve a cerrarlos—. Decido acercarme a la baranda, es extraño porque rodea toda la glorieta. No hay por donde entrar o salir de ella… Cuando apoyo mi mano sobre la baranda toda la estructura comienza a girar hacia la derecha, al principio despacio, luego un poco más rápido; como si fuera una calesita. Entonces la glorieta empieza a elevarse, como volando, y empiezo a distinguir imágenes en el exterior. Es como si alrededor de ella hubiera una pantalla gigante y redonda donde veo proyectadas escenas. —Abre los ojos—. Primero no las reconozco, pero después me doy cuenta que son escenas de mi vida. Recuerdos olvidados, inconexos, mezclados. En todas las escenas me veo a mí misma. Veo a mis padres, a mis abuelas, amigos de hace siglos, a vos cuando eras un chico aquella noche en la cantina. Hombres con los que estuve. Pacientes. Pájaros. También hay escenas y personajes desconocidos. —Se acomoda sobre el sillón irguiéndose—. A medida que la glorieta giraba las imágenes pasaban una tras otra, sin darme tiempo para distinguir los detalles. Pero de golpe el movimiento se detuvo, y pude ver a Bernardo del otro lado de la baranda, como si una de las imágenes hubiera cobrado cuerpo manteniéndose fija frente a mí, a dos metros de distancia. Era Bernardo, de pie, claramente. Podía sentirlo respirar con dificultad, mirándome con nostalgia. Se llevaba una mano al pecho e inclinaba su cabeza, como haciendo una reverencia. Cuando la levantaba veía una lágrima de oro cayendo por una de sus mejillas. La tomaba entre sus manos y me la ofrecía. Todo en un silencio sepulcral. —Mariana se detiene unos instantes y se queda mirando a través del ventanal, como si Bernardo aún estuviera allí.

—Después la glorieta giraba ciento ochenta grados en la oscuridad, y aparecías vos de la mano de una mujer… Me parece que era la mujer del cuadro que estás pintando Nico… Era alta y pelirroja, con unos rulos enormes. Y vos la mirabas embelesado. Fue horrible, una pesadilla espantosa. Me alejaba bruscamente de la baranda y al hacerlo la luminosidad cambiaba. Afuera de la glorieta todo desaparecía, y un haz de luz intenso que venía del cielo iluminaba un banco antiguo que aparecía en el centro de la glorieta. Entonces sentada sobre él, con su tapado multicolor, impecable... la veía a Penélope sonriéndome. Nuestra amada Penélope. ¿Te acordás de ella Nico? Era Penélope, pero más joven y más bonita, sin el deterioro propio de su enfermedad. —Nicolás sonríe, entre emocionado y consternado.

—Hay mi amor, vos y tus sueños... —suspira.

—Ella me miraba sonriendo, en paz. A su izquierda había tres monos. ¿Viste la imagen de los monos sabios? ¿Esa imagen en la que hay tres monos, uno tapándose los ojos, el otro los oídos y el tercero los labios? Bueno, así, pero de verdad. El mono que se tapaba los oídos se subía sobre las faldas de Penélope mientras ella acariciaba su cabeza con el mismo amor con que acariciaba a sus gatos... ¿Te acordás?

—Cómo no me voy a acordar, durante meses acarició la mía.

—Sí... Tenía un gran corazón Penélope. Aquí irradiaba su amor en todo su esplendor. Incluso hasta te diría que se le podía ver un aura luminosa alrededor, muy blanca. Se paraba dejando apoyado al mono suavemente sobre el banco para dirigirse hacia mí extendiendo sus brazos. Entonces desperté.

Se miran. Silencio.

De pronto Nicolás baja la mirada y anuncia:

—Mi amor... —hace una pausa que dura unos segundos, siglos para Mariana— hace un tiempo que estoy queriendo decirte algo...

Ella piensa: "Oh no Dios, qué va a decirme... No quiero escucharlo".

En ese instante suena el teléfono y corre a atenderlo. Escapando, ganando tiempo.

2

NUEVA YORK, 14 DE JULIO DE 1998, 11:00 A.M.

"…se está muriendo. Y su último deseo ha sido verla".

La noticia en el teléfono la libera de la incipiente inquietud, trayéndole otro dolor.

—Buenos días. ¿Hablo con Mariana Iturralde?

—Sí. Buenos días. ¿Con quién hablo?

—Soy Paula Fernández, la sobrina de Bernardo Gutiérrez. La llamo desde el Hospital Sinaí. Bernardo está internado aquí hace un mes con una complicación coronaria severa. Está muy mal, Mariana, se está muriendo. Y su último deseo ha sido verla. Yo viajé a Nueva York a estudiar baile hace unos años, y lo estoy cuidando. Soy la hija de su sobrina Florencia. Para mí ha sido una sorpresa este pedido, ya que hasta ayer no sabía de su existencia. No fue fácil localizarla con tanto apuro, pero gracias a Dios lo logré. No hay mucho tiempo. Se está yendo, y parece que para él es muy importante despedirse de usted. ¿Nos haría el enorme favor de venir hoy? Los médicos dicen que no llega al fin de semana, y de pronto le ha entrado una desesperación incomprensible por verla.

Mariana está absorta, pero igualmente no duda en responder:

—Por supuesto, allí estaré.

—Gracias, de verdad. No sé cómo agradecer su generosidad.

3

Nueva York, 14 de julio de 1998, 2:22 p.m.

*"Un niño anciano reposando pacientemente en su cuna,
esperando la muerte".*

Sube por el ascensor que la lleva hacia el quinto piso, donde Bernardo descansa sobre una cama blanca y limpia. Su última morada.

Paula la espera en la antesala de la habitación. Su mirada es suave y compasiva. Parece agotada.

Se reconocen al instante.

—¿Mariana? —Mariana asiente—. Gracias por venir, soy Paula. —Se dan un beso—. Muchas gracias. Esto significa muchísimo para mi tío, la desesperación con que la estuvo reclamando todo el día me tenía preocupada... Adelante, no perdamos un minuto más. —La hace pasar y se queda del otro lado de la puerta, esperando. Un ángel de la guarda, extenuado y discreto.

Mariana ingresa a la habitación en penumbras. Bernardo la espera recostado sobre la cama, respirando con dificultad. Los inmensos ojos verdes fijos el techo. Se lo ve envejecido, decrépito. Un niño anciano reposando pacientemente en su cuna, esperando la muerte.

Cuando la ve entrar suspira con alivio.

—Mariana mi amor, viniste... —dice, como si no hubieran pasado doce años.

Mariana se acerca con cariño y lo toma de las manos, como si jamás se hubiera ido. Se sienta sobre la cama junto a él y le sonríe.

—Cómo no iba a venir, Bernardo...

Mientras con su mano izquierda le sostiene una mano temblorosa, con la derecha le acaricia suavemente el antebrazo. Él la mira en silencio. Luego le sonríe. Luego llora.

Pasan las horas. No se dicen nada, no es necesario. Ya está todo dicho.

Él muere en sus brazos, finalmente, en paz. Redimido por su presencia y por sus lágrimas.

4

Nueva York, 15 de julio de 1998, 4:46 a.m.

"...se dirige hacia la salida resuelta a ingresar en la oscuridad".

Mariana deambula por la ciudad hasta entrada la madrugada. Intenta absorber la complejidad de lo vivido. Se refugia en un oscuro bar donde una antigua banda de jazz toca una música cadenciosa que contrasta con la tumultuosidad de sus pensamientos. Recuerda una y otra vez la conmovedora despedida, la sensación de paz y de tormento. Piensa en su sueño. No logra comprenderlo. O sí, cree entrever su mensaje, pero se niega a aceptarlo.

Se siente agradecida hacia Bernardo por haberle permitido la despedida que ambos merecían. La lágrima de oro brilla.

Piensa en el Nicolás del sueño, y en la mujer de cabello encendido. En la cara de él mirando sospechosamente hacia abajo mientras intentaba decir lo que estaba por decir cuando sonó el teléfono. Ella ya lo sabe, lo intuye, pero no quiere saberlo. Siente una vez más cómo su mundo se desmorona ante sus ojos sin poder hacer nada para impedirlo. La recorre el miedo, el terror. Recuerda a Penélope extendiéndole sus brazos, la paz en su mirada, su luminosidad. El mono con los oídos tapados.

"¡Basta Mariana! Sé valiente carajo" se dice. "Abrí los ojos, abrí los oídos y no cierres la boca... Enfrentá lo que haya que enfrentar...".

Se para, paga la cuenta, y se dirige hacia la salida resuelta a ingresar en la oscuridad.

5

Nueva York, 15 de julio de 1998, 6:00 a.m.

"...colgada al borde del abismo".

—Mariana, mi amor, dónde estabas por Dios ¡estaba a punto de enloquecer! ¡Llamé a todos los hospitales y las comisarías de Nueva York! —Nicolás suelta el teléfono, se levanta del sillón y corre a abalanzarse sobre ella. La abraza. Ella cierra los ojos y se deja abrazar. Al principio con un llanto ahogado, tímido, que luego se vuelve una catarata imparable.

Él comprende y no dice nada. La abraza. La acaricia. La acuna; y al hacerlo se deja acunar.

Se quedan allí una eternidad, hasta que ella derrama la última lágrima.

—Bernardo murió anoche Nico. Me llamó para despedirse, y para que lo acompañara a morir. Supongo que es lo que necesitaba para irse en paz. Fue hermoso y triste. Me di cuenta de que jamás dejamos de querernos... A pesar de todos estos años. Yo misma no sabía hasta qué punto él todavía era una parte de mí. Fue tan conmovedor y triste verlo irse... Se va con él una parte de mi vida. —Se le quiebra la voz. Lo toma de la mano y lo lleva hacia el sillón de la sala. Se sientan frente al cuadro de la mujer alada—. Te escucho Nico, lo que tengas que decir, decímelo ya. Estuve caminando toda la noche por la cuidad para prepararme. Estoy lista.

—No entiendo —dice Nicolás, simulando estar sorprendido.

—Lo que estabas por decirme cuando sonó el teléfono. A veces la vida es así Nico, sucede todo el mismo día. No me cuides, decí lo que tengas que decirme, ya. No quiero esperar. La muerte me fortaleció, no tengas miedo. —Nicolás tiembla.

—Bueno mi amor, yo me comprometí a serte sincero, y tu sueño me señaló que este era el momento. Aunque ahora no sé si hoy es el día más indicado... Pero bueno, ahí va: Conocí a otra mujer. —Mariana frunce el ceño, se le empañan los ojos, traga saliva.

—¿Qué decís...? ¿Otra mujer...? Y qué... ¿estás enamorado de ella?

—Sí. No tiene absolutamente nada que ver con lo que siento por vos, son dos cosas completamente distintas, incomparables. Pero me está pasando, y tenés que saberlo.

—¿Te acostaste con ella?

—Sí.

—¿Hace cuánto tiempo que estás con ella?

—Hace un mes.

—¿La conozco?

—La viste en tu sueño.

Mariana hace un silencio. Se sienta en el borde del sillón, como al borde de un precipicio. La columna erguida. Prácticamente no respira.

No quiere hacer la pregunta, pero no logra refrenarse.

—¿Cuántos años tiene?

—¿Qué cambia eso?

—¡Que cuántos años tiene carajo! Le grita, mientras lo zarandea y llora, perdiendo irremediablemente la dignidad.

—Cuarenta y dos.

Ella deja de llorar, sorprendida, y se queda mirándolo con la boca ligeramente abierta.

—La edad que yo tenía cuando nos reencontramos...

—Sí, ya lo sé Mariana, por favor, no me analices... Quiero decirte lo más importante, lo que realmente necesito que sepas... Y es que te amo, que eso no ha cambiado. No quiero dejarte. No voy a dejarte. No me hagas elegir por favor, no me metas en esa jaula. Lo que siento por ella no tiene nada que ver con lo que siento por vos. Yo te sigo amando, mucho más que el primer día, y no estoy poniendo en duda nuestra relación. Es verdad que en este momento tengo mi energía puesta en otro lado, pero eso no quiere decir que ya no te quiera, quiere decir que el mundo no empieza y termina en nosotros... Sin embargo mi vida es junto a vos, sin lugar a dudas. Por favor, no me dejes sin vos. —Las lágrimas de Mariana ruedan silenciosas—. No quiero perderte, pero si no te digo la verdad también te pierdo... O pierdo lo que tenemos.

—Ay Nicolás, vos y tu maldito vicio de la sinceridad...

—Estás lista para enfrentarlo Mariana, lo viste en tu sueño. Lo viste antes de que yo te lo dijera.

—Entonces lo que me estás proponiendo es que querés ser bígamo ¿es eso?

—No seas sarcástica, vos misma me dijiste hace un rato que descubriste que todavía amabas a Bernardo. No te estoy proponiendo nada, simplemente estoy siendo sincero, y cuidando nuestro vínculo al no traicionarte por la espalda. No sé adónde nos va a llevar esto, dónde terminará, pero sé que tenemos que recorrerlo, y quiero que lo hagamos juntos mi amor, no quiero perderte en el camino. Te amo. De una forma en la que jamás amé a nadie. Eso no ha cambiado. A Muriel la deseo, pero no la amo. —Mariana se mira las manos mientras él habla, jugando con sus uñas. Cuando escucha el nombre reacciona bruscamente levantando la mirada.

—¿Muriel se llama? ¿Es americana?

—Sí.

—¿Cómo la conociste?

—En una exposición.

—¿Es soltera?

—No, está casada.

—¿A qué se dedica? ¿Sabe de mí?

—Es música. Por supuesto que sabe de vos, y sabe que no pienso dejarte. De hecho, ella no piensa dejar a su marido.

—Todo este tiempo estuviste hablando con ella a mis espaldas... No puedo soportarlo, no sé qué me duele más...

—Ya lo sé, y me siento mal por eso, no quiero hacerlo. Por eso necesitaba que lo supieras. Preguntame todo lo que necesites saber.

—No quiero detalles Nicolás. Esto es mucho más de lo que puedo soportar. Dame tiempo. No sé cómo voy a hacer para digerir todo esto.

Mariana llora, colgada al borde del abismo.

Él está absolutamente decidido a aferrarse a su mano para impedir la caída, pero el resto de su cuerpo cuelga peligrosamente sobre el mar.

Un mar de emociones tormentosas y violentas, adonde es tan fácil naufragar.

6

Nueva York, 4 de octubre de 1998, 4:22 p.m.

"…tiene la vitalidad y los colores que a mí me faltan,
piensa con tristeza".

Pasaron algo más de dos meses.

Mariana observa a través del ventanal del bar la lluvia caer. Es una tarde gris de otoño. El sol se escapa llevándose sus colores, y su cuerpo y los árboles alrededor se adaptan al frío. La reacción que tiene ante estos cambios la dejan perpleja: no le molestan. Hasta podría decirse que los disfruta. Siempre le han costado los cambios, su primera respuesta invariablemente ha sido la resistencia, el apego, la angustia. Sin embargo esta vez su cuerpo y su alma están reaccionando de una manera distinta, por primera vez en su vida. Puede reconocer la belleza en las hojas que caen y sentir el frío como un aliado. Deja ir al calor sin su habitual tristeza.

Observa a la gente pasar, los charcos al borde del asfalto, los infinitos dibujos que recrea el agua cada vez que pasa un auto. Imágenes efímeras de una ciudad turbulenta. Espejos transitorios de una danza bella y caótica. Disfruta la belleza de lo que la rodea mientras la voz melodiosa de Eva Cassidy en su *discman* acompaña los movimientos de los transeúntes haciendo de ellos una obra de arte.

Sigue Frank Sinatra.

Así está Mariana, sumergida en un mar de sensaciones, dejándose llevar por la maravillosa voz de La Voz y percibiendo el pulso de la vida, cuando los ve.

Nicolás y Muriel. Corren bajo la lluvia sonriendo, felices. Dejándose mojar. Juegan con el agua y con sus cuerpos. Ella es pelirroja. Bella, alegre, vital. Él es un hombre cualquiera, enamorado, que corre a su lado tomándola del brazo.

Mariana se lleva ambas manos hacia la boca mientras los observa absorta. Es Nicolás. Su Nicolás... Sin embargo le cuesta reconocerlo. "¿Quién es este hombre que corre junto a esta mujer? ¿De quién es esa mirada? ¿Es el mismo hombre que duerme a su lado hace años...? Y ella es tan bonita... Tiene la vitalidad y los colores que a mí me faltan", piensa con tristeza.

Una verdad tremendamente dolorosa acaba de serle revelada. Y no sabe qué hacer con ella.

7

NUEVA YORK, 4 DE OCTUBRE DE 1998, 7:45 P.M.

"Una despedida breve y contundente,
como quien toma una medicina amarga. De un sorbo".

Se queda horas petrificada. Esperando la noche. Cavilando.

Los mozos que pasan la miran, algunos se le acercan para preguntarle si necesita algo. Ella niega con un gesto. No puede hablar. No le sale una palabra. Finalmente paga la cuenta y se levanta.

Se dirige en taxi al aeropuerto.

Al llegar al JFK se aproxima a la primera aerolínea que encuentra en su camino y se dirige hacia la mujer que atiende en el mostrador. Una morena de pelo ensortijado.

—¿Cuál es el próximo vuelo que esté por despegar, y que pueda comprarle con una tarjeta de crédito Visa?

—¿Adónde desea dirigirse Sra.?

—Adonde sea.

—Necesito un destino Sra. —La mujer la mira, entre sorprendida y entretenida.

—El primer vuelo que salga esta noche, y que pueda venderme. Ya. Elija usted el destino. —La mujer observa la pantalla de su computadora unos instantes y responde intentando ocultar su entusiasmo.

—A Frankfurt. Queda un asiento.

—Que sea allí entonces. ¿A qué hora sale?

—En cinco horas. Es un vuelo directo.

—Perfecto. No tengo equipaje.

Mariana se dirige hacia unas tiendas dentro del aeropuerto

para comprar sus nuevas pertenencias. Va al baño, se higieniza, y se sienta en un bar a pensar. Intenta convocar la calma. Luego busca un teléfono desde donde hacer la llamada.

—Nicolás.

—Mariana mi amor, estaba desesperado por Dios. ¡Son las once y media de la noche! ¿Dónde estás?

—Perdoname, necesitaba estar más tranquila para llamarte.

—¿Qué pasó? —pregunta él, inquieto.

—No puedo hacerlo Nico. Es demasiado para mí, no puedo. Te vi en la calle con Muriel hoy por la tarde, venían de hacer el amor, estoy segura... Es insoportable. Me estás pidiendo demasiado. No puedo quedarme, no así, al menos no por ahora.

Nicolás se queda mudo del otro lado del teléfono.

—¿Dónde estás amor? Dejame que te vaya a buscar. Hablemos. Veámonos. No podés tomar una decisión así, tan de imprevisto.

—Sí puedo, me voy. Estoy en el aeropuerto. Me voy por un tiempo, no sé cuánto... Lo que necesite. No puedo soportarlo.

—Pero amor, tus cosas, la casa, no tenés ropa... ¿Adónde vas a ir?

—Me voy a Europa. No te preocupes por mí. Yo voy a estar bien. Me compraré lo que necesite durante el viaje. Tengo la tarjeta de crédito, y ya hice una extracción de efectivo. Además vos sabés mi costumbre de llevar el pasaporte conmigo. Después te voy a pedir que me mandes algunas cosas. Igualmente no es definitivo, me voy sólo por un tiempo. Cuidá la casa por mí por favor. Viví lo que tengas que vivir, pero no soporto que lo hagas en mis narices. Dejame ir Nicolás. Cuando resuelva qué quiero hacer frente a todo esto volveré.

—Mariana, mi amor, por favor no te vayas. No me dejes. Te lo suplico. Si es necesario te prometo que no la veo más a Muriel... No te vayas.

Mariana duda. Cierra los ojos.

—Gracias por proponérmelo mi amor. —Cae una lágrima, rápida y escurridiza. Se la enjuga con el dorso de una mano tirando la cabeza hacia atrás—. Gracias. Pero los dos sabemos que no es la solución. Viví lo que tengas que vivir. Yo buscaré mi camino. Llegó la hora de la verdad Nicolás, si nuestro amor es genuino sobrevivirá. Como vos mismo lo dijiste tantas veces, no voy a meterte en esa jaula... Te amo demasiado para eso. Adiós.

Una despedida breve y contundente, como quien toma una medicina amarga. De un sorbo.

8

FRANKFURT, 5 DE OCTUBRE DE 1998, 12:00 P.M.

"…un narcótico que la ayuda a olvidar, anestesiando el dolor…".

El aeropuerto de Frankfurt la recibe con sus enormes brazos abiertos. El hervidero de desconocidos hablando en alemán la alivia al instante. Arribar a un país lejano, tener que enfrentar la incertidumbre del idioma, y resolver dónde alojarse expulsan del foco de su conciencia a Nicolás y Muriel de forma milagrosa. Un alivio.

Soñó con ellos durante todo el viaje. Nicolás y Muriel haciendo el amor. Nicolás y Muriel besándose. Nicolás y Muriel caminando por distintas calles del mundo tomados de las manos, enamorados. Una pesadilla sin fin que se sucedía sin remedio, escena tras escena.

Los kilómetros, el instinto de supervivencia y la adrenalina de tener que enfrentar el resultado de su intempestiva huida resultan como un narcótico que la ayuda a olvidar, anestesiando su dolor al menos por un rato.

Se sumergirá en un mar de decisiones. El lugar donde vivir, la comida. El enigma del idioma, la higiene personal, la ropa. Poco a poco irá reconstruyendo sus hábitos empezando por los más básicos, y esto le dará la oportunidad de reconstituirse a sí misma. Liberarse de viejas ataduras, descubrir nuevas posibilidades. Olvidar. Una vez más, cambiar de piel.

Al finalizar el proceso Mariana tiene la extraña sensación de no saber bien quién es realmente, ni de dónde viene. Se pregunta si todos sus recuerdos no serán sueños, y si existe un mundo afuera de esta nueva vida. Si aquello que dejó atrás, Nueva York y Nicolás, no habrán quedado suspendidos en una realidad paralela fuera de este espacio-tiempo. O peor aún, si no serán una fantasmagórica creación de su afiebrada imaginación.

Después de un mes de hablar sólo con extraños la imagen que fue construyendo de sí misma difiere de la que tuvo siempre. Aquí es más tranquila, callada. Anónima. Una presencia traslúcida que pasa entre la gente sin ser vista, y lo que es aún más inédito: sin desear ser vista. La ausencia de la necesidad de una mirada despierta en ella la gestación de un nuevo ser, sorprendentemente libre. El silencio le permite bucear en lo insondable.

Podría haber seguido así por el resto de su vida, retirada del mundo, ensimismada en sí misma. Pero luego de casi un mes decide que es hora de comunicarse con Nicolás y enfrentar la realidad.

—Hola Nico.— Tiene palpitaciones, la boca se le seca. Le tiemblan las manos.

—¿Mariana?

—Sí. Soy yo. ¿Tan rápido te olvidaste de mí que no reconocés mi voz? —La indignación le hace olvidar los nervios, y encontrar fuerzas.

—Yo no. La que parece que se olvidó de todo sos vos. Desapareciste de un día para el otro. Te tragó la tierra, ni un llamado en un mes para decirme dónde estabas, si estabas viva. —Su voz suena metálica, como la de un extraño—. No está bien Mariana, eso no se hace. Muy cruel de tu parte.

Mariana calla. No esperaba esta respuesta, esa voz. No sabe qué decir.

—Perdoname amor, tenés razón. Pero entendeme. Para mí fue cruel verte esa tarde con Muriel. No lo hice para castigarte, no pude soportarlo. Creí que iba a enloquecer. Fue la única salida que encontré para sobrevivir.

Nicolás calla. Hace un esfuerzo por apartar la furia. Suspira.

—¿Cómo estás Mariana? Casi me matás de la preocupación. No me hagas esto nunca más en la vida, te lo pido por favor.

—Okey... Estoy en Frankfurt. Bien, sobreviviendo. Respiro. Como. Duermo. Hibernando estoy, como las tortugas. Ya llegará el verano. —Duda si hacer la pregunta, pero sabe que tiene que hacerla —. ¿Y vos? ¿Cómo estás?

—Acá. Bien. Tratando de asimilar el torbellino de emociones. Te extraño con locura Mariana. Te necesito cerca. No soporto tu ausencia.

Silencio.

—¿En casa todo bien? ¿Te estás arreglando bien con la comida? ¿Estás pudiendo organizarte?

—Sí mi amor. Quedate tranquila, vos sabés que yo siempre me las arreglé bien solo. No estoy hablando de eso. ¿Cuándo vas a volver?

—No lo sé Nico. La semana que viene viajo a Túnez. Voy a sacar fotos, me compré una cámara súper moderna y quiero aprovechar toda esta movida para generar proyectos nuevos, estoy pensando en una serie sobre la Antigüedad. Necesito hacer un giro en mis búsquedas. Seguro voy a estar viajando unos meses más. Quiero tomar distancia y profundizar en este reencuentro conmigo misma. Me había olvidado lo que era estar sola. Hace casi veinticinco años que no estaba sola. —Vuelve a dudar—. ¿Seguís con Muriel?

—Sí.

—¿La llevaste a casa?

—Claro que no Mariana.

—Pero... ¿Cuáles son tus planes con ella?

—No tengo planes.

—¿Seguís enamorado?

—Sí. Podríamos decir que sí.

—¡Ay Dios mío Nicolás! No te entiendo, sos tan confuso. No entiendo qué es lo que querés. Me decís que me extrañás, que seguís proyectando conmigo, pero que estás enamorado de ella. No te entiendo.

—Para mí no es confuso Mariana. Somos amantes. No proyecto con ella porque yo ya tengo una pareja: y es con vos. Ella también está en pareja. Por ahora somos amantes, probablemente algún día seremos grandes amigos. Jamás la traería a casa. Mi pareja es con vos, y eso no ha cambiado. Te sigo deseando y te sigo amando.

—¿Me seguís deseando? —murmura ella, mientras intenta detener con la punta de los dedo unas inminente lágrima.

—Sí mi amor. Sos mi mujer. Te deseo como no deseé a nadie nunca, en muchos planos al mismo tiempo. Eso no se iguala con nada. Pero no te puedo mentir: a Muriel también la deseo, de otra forma. No puedo evitarlo. Creeme que lo intenté. Tal vez no tenga la profundidad de lo nuestro después de toda una vida juntos, pero está pasando, está vivo, y no puedo negarlo. En doce años no me pasó. Me sentí atraído físicamente hacia otras mujeres en estos años, pero no me entregué ciegamente al primer impulso sexual que tuve. A ella la deseo y la quiero, es más que una calentura. Pero eso no me hace dudar de lo que siento por vos. Y no es desde la disociación, licenciada, se lo aseguro. Me genera un maremoto de emociones en el cual por momentos siento que podría ahogarme. Pero igualmente no pierdo el rumbo. No estoy confundido. En todo caso me siento desbordado, eso sí.

Mariana se queda callada, pensando.

—Justamente, eso es lo que más me duele, prefería que no fueras tan íntegro y pudieras hacerlo con cualquiera, me dolería menos. Que no sea con cualquiera es lo que me mata, que sea tan fuerte lo que sentís por ella que no hayas podido controlarlo. No sé qué pensar Nico. Tal vez la confusión es mía. Somos hijos de distintas generaciones. No sé si sos demasiado moderno para mí, o al final sos como mi abuelo, y lo que proponés no es más que la antigua formula machista, maquillada. No sé. No sé qué pensar.

—Nuestros abuelos lo hacían y lo ocultaban. Nuestras abuelas se sometían sin elección, no hablaban de eso. Ya te lo dije Mariana, yo no quiero traicionarte por la espalda, ni quedarme en formol para no poner en riesgo nuestra relación.

—Exactamente Nico, de eso se trata, de que estés dispuesto a poner en riesgo nuestra relación... Eso me hace sentir que no me amás como yo creía. Es una desilusión inmensa, indescriptible, no hay palabras para nombrarla. No te imaginás.

—No es que yo quiera poner en riesgo nuestra relación, la vida es riesgo mi amor, y nuestro amor está vivo. Confiemos en él. No te estoy abandonando Mariana.

—No, me estás empujando a que yo lo haga.

No lograrán un acuerdo.
Duele demasiado.

9

TÚNEZ, 12 DE NOVIEMBRE DE 1998, 10:38 A.M.

"…su mirada azul y triste la traspasan. Lleva en sus manos un libro de la antigua Cartago, y sobre sus espaldas dolores inconfesables".

Mariana camina por los senderos del antiguo santuario dedicado a la diosa Tanit y a su consorte, el Dios Baal Hammon.

El Tofet alberga las urnas de casi veinte mil sacrificios humanos dedicados a las deidades, entre las ruinas de la antigua Cartago. Este santuario es el testimonio vivo que queda de la devoción de un pueblo que adoraba a sus dioses con pasión: la antigua civilización cartaginesa. Esta fue diezmada por el Imperio Romano en el siglo dos antes de Cristo, luego de la conquista y destrucción de Cartago tras las guerras púnicas. Las ruinas que pueden recorrerse en la actualidad se corresponden en gran parte a la cultura romana, que se erigió sobre las cenizas cartaginesas. Los pocos rastros visibles que quedan de aquella antigua civilización son este cementerio triste y bucólico que descansa ante el mediterráneo frente al golfo de Túnez, los restos del puerto y la ciudadela.

Mariana recorre los senderos resonando con el lugar y con su historia. Las urnas descansan impertérritas en lo profundo del santuario, bajo los árboles. Observa en detalle unas lápidas que tienen talladas inscripciones geométricas y misteriosos símbolos en ellas. Una inscripción en particular llama su atención: el esbozo de una mujer rudimentaria con los brazos erguidos hacia el cielo y una media luna sobre su cabeza. Está delineada sobre una gran piedra gris, solitaria y rectangular, ubicada justo en el medio del parque.

Mariana se detiene para mirarla, hipnotizada ante la simpleza de sus trazos. La resulta extremadamente bella. De pronto una joven pasa caminando a su lado sacándola del trance. Le sonríe y sigue su camino. Es alta, lánguida. Su mirada azul y triste la traspasan. Lleva en sus manos un libro de la antigua Cartago, y sobre sus espaldas dolores inconfesables. Mariana la observa alejarse por el sendero que la lleva hacia la cima, y vuelve su mirada hacia Tanit.

Tanit, la diosa luna, la que llora ante el rostro de Baal a través de la lluvia. Diosa portadora de serpientes, rodeada de leones. La que cubre con su manto a los mortales protegiéndolos o empujándolos hacia el abismo. Lejana, turbadora. Cálida y cruel al mismo tiempo. Ishtar. Isis. Astarté. La de los mil rostros.
Mariana siente cómo un escalofrío le recorre la espalda.

10

Túnez, 12 de noviembre de 1998, 2:50 p.m.

> *"…vagando sola por las ruinas de Cartago,*
> *en el Tofet, ni más ni menos…".*

Luego de unas horas de recorrer el Tofet sacando fotos Mariana se dispone a tomar el tren que la llevará a Sidi Bou Said, el pueblo vecino adonde pasea por las tardes. Un encantador paraje sobre el mar que algunos llaman "el paraíso azul y blanco" debido a los colores de sus casas. Estas son blancas, pintadas a la cal, con puertas, ventanas y rejas coloreadas en distintas tonalidades de azul. Los colores del cielo y del mar, esparcidos a lo largo de un pueblo blanco como la nieve.

Está sentada en el vagón esperando a que arranque el tren cuando ingresa por la puerta a punto de cerrarse la mujer lánguida y algo desgarbada del sendero. Entra agitada, se miran y se sonríen. La mujer busca en el interior del vagón un lugar donde sentarse y Mariana le hace una seña para que se siente a su lado, corriéndose para hacerle un lugar. Algo en su manera de dar las gracias le genera la duda: ¿será argentina? Se propone averiguarlo. Lanza una frase referida al clima y el marcado acento le confirma el pálpito.

—Disculpame la intromisión. ¿No serás argentina? —pregunta Mariana en castellano.

—¡Sí! —sonríe ella de manera franca y abierta—. ¿Vos también? Me pareció por la tonada…

—¿Qué hace una argentina joven y bonita vagando sola por las ruinas de Cartago, en el Tofet, ni más ni menos? Si me permitís preguntar…

—Soy historiadora de las artes y me especializo en la antigua Cartago, una pasión que descubrí al mudarme a Túnez.

—¿Y qué te trajo a Túnez?

—Hace un año me casé con un diplomático portugués, y este ha sido su destino. Yo lo acompaño, y disfruto del honor de vivir justo sobre la colina donde descansan las ruinas de la antigua acrópolis cartaginesa. En Cartago, Rue Hercule nro. 3. ¿Y a vos?

¿Qué te trajo a este adorable país africano? Perdón, no me presenté, mi nombre es Irene —dice la joven amablemente extendiéndole una mano coronada por un enorme anillo adonde una gema verde esmeralda brilla a la luz del sol.

—Yo soy Mariana, encantada de conocerte Irene, es una grata sorpresa, realmente. —Toma su mano—. Ojalá pudiera responderte. Aún no sé bien qué me trajo a Túnez. Soy fotógrafa, y sentí un fuerte impulso por retratar esta antigua civilización, o lo que queda de ella. Estoy en un momento de enormes cambios en mi vida... —Sonríe—. Y quise empezar por cambiar el motivo de mis libros. Además, soy editora. Ahora quiero dedicarme al mundo antiguo. Después de muchos años de hacer libros sobre aves.

—¡El mundo antiguo! Una de mis grandes pasiones... ¿Dónde estás alojada?

—En un adorable hotel en La Marza, se llama La Baie des Singes, lo elegí por el nombre... Estoy muy cómoda ahí. Llegué a Túnez hace una semana.

—Yo pensaba parar en Sidi Bou Said a tomar un cafecito en el Café des Nattes. ¿Lo conocés?

—Por supuesto, es el más conocido de Sidi Bou Said, todos los escritores y artistas de las últimas décadas pasaron por ahí ¡Un encanto de lugar! El bar y el pueblo son mágicos.

—Sí, es un pueblo muy visitado por artistas de todo el mundo. Te invito un café, un té de menta, o lo que vos quieras. ¿Aceptás?

—Por supuesto compatriota, un cafecito, será un honor.

11

TÚNEZ, 12 DE NOVIEMBRE DE 1998, 5:55 P.M.

"Por lo menos los muertos de ellos tenían un sentido…".

La charla en el Café de las Esterillas se prolonga por horas, el entusiasmo es innegable. Las horas se deslizan.

—El sacrificio de niños me parece tremendo, imperdonable. Sentí escalofríos cuando me enteré que las cenizas en las urnas eran de bebés y de niños pequeños. ¿Qué clase de pueblo puede hacerle eso a sus propios hijos, Irene? —dice Mariana sosteniendo el café entre sus manos. El bullicio en el bar se neutraliza frente al fervor compartido.

—Como dice el Pére Blanc Ferron, tal vez uno de los arqueólogos especialistas en Cartago más importantes en la actualidad, sólo un pueblo que realmente siente devoción por sus dioses le entrega su bien más preciado, sus hijos. No existe un fervor religioso más grande que ese.

—No sé. Me pregunto si crear ese tipo de dioses, crueles y sádicos, que exigen sacrificios para otorgar dones no es una mera proyección de impulsos filicidas siniestros.

—Bueno, es una lectura interesante, lo admito, pero...

—Me olvidé de decirte... También soy terapeuta, aunque hace años ya que no ejerzo.

—Qué interesante. En cambio yo soy una eterna paciente... Desde hace años. Bucear en uno mismo es tan apasionante como hacerlo en la Historia. Mirá, yo creo que uno no puede interpretar una cultura que existió hace más de dos mil años con la idiosincrasia actual. En aquel momento los sacrificios tenían un sentido profundo. Eran un honor incluso. Los estás resignificando a la luz de la evolución de los milenios. Y permitime que te diga, pero no creo que la humanidad haya evolucionado tanto desde entonces. Si de impulsos filicidas se trata, las sociedades siguen matando a sus hijos a través del hambre y las guerras —se hace un silencio. Levanta los ojos al cielo diciendo en tono pausado, casi un murmullo—. Por lo menos los muertos de ellos tenían un sentido.

Luego de decir esto baja la mirada jugando con una servilleta blanca que tiene entre las manos, retorciéndola y desmembrándola. Callada, se aísla en una maraña de recuerdos.

Mariana intuye que las búsquedas de Irene están impulsadas por el anhelo de sanar viejas heridas.

Respeta el silencio, que sabe sagrado.

12

CARTAGO, 202 A. C.

*"…no lo entregues, que tenga la oportunidad de morir
como un hombre, en el campo de batalla,
después de haber amado a cientos de mujeres".*

El humo en las chimeneas del Tofet no cesa.

Las naves romanas amenazan con sitiar la ciudad de manera definitiva. Si bien Aníbal ha tenido éxito al cruzar los Pirineos y conquistar el norte de Italia, la retaliación será tremenda. La ayuda de los Dioses apremia, y los sacrificios en el santuario son realizados de noche y de día.

Está decidido. Su primogénito fue el escogido para ser uno de los entregados al fuego. Abrazado por las llamas, devorado por el infierno.

Mariana se llama Elisa, como la fundadora de la ciudad, y acaba de recibir la noticia con piernas temblorosas. Tadeo, su adorable Tadeo. Siente una mezcla de orgullo y de terror inconciliables. Su amado Tadeo. Su cuerpito tierno y perfumado que promete un hombre intenso, devorado por las llamas. Sus ojos inmensos cerrados para siempre. La promesa de una vida gloriosa en el más allá no termina de calmarla. Algo en sus tripas le dice: "Escapen, escapen, no lo entregues, que tenga la oportunidad de morir como un hombre, en el campo de batalla, después de haber amado a cientos de mujeres". Pero no puede escuchar esas voces. Su devoción hacia Tanit la ciega.

En su cama blanca y pulcra sobre el mediterráneo Mariana sueña, y en su sueño recuerda.

Se ve entregándolo. El beso final. La caricia en la mejilla. El susurro en el oído. "Sé un hombre, hijo. Acepta con orgullo tu destino".

Tadeo tiene cinco años y se dirige hacia la pira de la mano del sacerdote, con la templanza de un hombre y la ingenuidad de un niño. Ha nacido para este momento: el honor de ser uno de los elegidos para ser entregado a los Dioses. No sospecha lo que le espera.

Cuando el fuego abrace su piel llamará a su madre desesperado, pero ella ya no estará aquí para escucharlo. No habrá nadie a su lado.

En el sueño Mariana sí lo escucha, lo siente y lo escucha. Siente el dolor en su piel, la confusión y el miedo. El ardor que es hielo. Y la duda, que en el último instante se instala en su interior, despiadada.

Desmoronándolo todo.

13

TÚNEZ, 8 DE FEBRERO DE 1999, 3:25 P.M.

"…si yo te dejé sin palabras,
esperá a estar frente a las pirámides".

La amistad entre Irene y Mariana se ha consolidado. Luego de un mes alojada en La Baie des Singes se mudó a la casa de la Rue Hercule, donde se instaló por tiempo indeterminado. Durante horas se entregan a interminables y acaloradas charlas.

—¿Qué me aconsejás Irene? ¿Por dónde sigo? —pregunta Mariana apoltronada en el sillón de plumas ubicado de frente al mar. Acaricia los flecos de seda de un almohadón persa disfrutando sus texturas.

—Si querés bucear en la Antigüedad, ni lo dudes Mariana, andá a Egipto. En el principio… fue Egipto, así dicen. Por lo menos para la cultura greco-romana, de la cual proviene nuestra civilización occidental. Todo comenzó en Egipto con los primeros jeroglíficos. Donde aparece la escritura, allí comienza la Historia: en el año tres mil antes de Cristo. Tenés que ir a las fuentes que influenciaron a los griegos, a los romanos, y a todo el pensamiento posterior judeo-cristiano. Después podés ir a Grecia y al sur de Italia, pero primero a Egipto. La cuna de nuestra civilización occidental está en las paredes internas de las pirámides de Sakkarah. Las famosas tres pirámides de Gaza son las que visitan los turistas y son imponentes, te dejan sin aliento, pero adentro no hay nada. Dicen que La Verdad está oculta en las paredes internas de las pirámides de la quinta y de la sexta dinastía, alrededor del 2300 a. C. Son las que se corresponden con los finales del Reino Antiguo, y donde están los Textos de las Pirámides. Los jeroglíficos inscriptos en las paredes internas de las cámaras y los corredores de la pirámide de Unas, faraón de finales de la quinta dinastía, son los precursores de los Textos de los Sarcófagos del Imperio Medio y del Libro de los Muertos del Imperio Nuevo. ¿Me seguís?

—Es apasionante Irene, claro que te sigo, no es fácil porque es todo muy nuevo para mí, pero te sigo.

—Cualquier cosa me interrumpís, mira que yo me apasiono… ¡Y remonto vuelo! Te decía: a la pirámide de Unas tenés que ir. Es más baja que las otras, menos imponente, pero más intensa. Su interior es un gran libro tallado en piedra, escrito para ser leído por los sacerdotes y por el faraón en su camino hacia el más allá. Allí están las raíces de todas las creencias teológicas y filosóficas del Imperio Egipcio. Los textos hablan de la creación, de cómo todo surge de un caos acuoso, de la existencia de un Dios creador que emerge y crea, poniendo orden en el caos de las tinieblas. Para ellos el cosmos era un universo ordenado, regido por ciertos principios o leyes que imperan en el mundo desde su creación. Estos principios, simbolizados a través de la diosa Maat, están representados por una mujer cargando una pluma de avestruz vertical sobre su cabeza, en perfecto equilibrio. Esto simbolizaba la justicia y la armonía cósmica. Este principio también ha sido representado por una mujer alada o un disco alado. —A Mariana le da un vuelco el corazón, no puede acreditar lo que está escuchando. Prácticamente no respira para no interrumpir a Irene en su rapto de inspiración—. La Maat, como concepto encarnado a través de esta Diosa, resume la cosmovisión egipcia. Son conceptos bellísimos ligados a la necesidad de conservar el respeto por la armonía que rige en el universo, a la búsqueda de la preservación de la justicia, que sería el perfecto equilibrio, el justo punto medio. Ellos decían: el caos y la injusticia que rodean el orden perfecto de la creación siempre acechan. Simbolizaban esto en la imagen del Dios Ra recorriendo en su barca solar cada noche el inframundo, luchando contra las fuerzas malignas de las aguas primordiales. Para ellos en cada amanecer Ra emergía victorioso, ayudado por las fuerzas benefactoras de la Maat que lo protegían, y al protegerlo a él, protegían el orden en la creación. El hombre con sus desmesuras rompe esta red ordenada que es la Maat, y era el faraón, como la encarnación suprema de la justicia humana y divina, el encargado de mantener el predominio de estos principios de orden, justicia y verdad. Lo hacía a través de su reinado.

Hacían ofrendas y rituales diarios para mantener este orden armonioso y justo sobre el mundo. Los textos inscriptos en las pirámides, ya los vas a ver, son conmovedores. Son oraciones, invocaciones, conjuros y hechizos destinados a guiar al faraón en su paso hacia el otro mundo. Estos lo ayudaban a reconocer y a nombrar a los dioses que podían ayudarlo a pasar al más allá, manteniendo su alma protegida. En el Imperio Nuevo, alrededor del mil quinientos a. C. el Libro de los Muertos, también llamado el Libro de la Salida a la Vida o de la Emergencia a la Luz, tenía la misma función de guiar el alma de los muertos, y estaba destinado a los que pudieran pagar el rito funerario. Los metían dentro de las bandas de la momia, cerca del corazón, en rollos de papiro. Los egipcios eran un pueblo con un sentido de la ética y de la estética enorme, con una búsqueda por el respeto hacia las leyes divinas y la naturaleza admirable, para imitar —Irene se queda en silencio recuperando el aliento.

—Es apasionante Irene, me dejaste sin palabras.

—Si yo te dejé sin palabras, esperá a estar frente a las pirámides.

14

TÚNEZ, 18 DE FEBRERO DE 1999, 6:00 P.M.

"Descubrí que puedo vivir con lo que me entra en estas valijas...".

Mariana acomoda sus maletas preguntándose qué extraño orden subyacente acomoda los acontecimientos de su vida. Se propuso retratar la Antigüedad y apareció mágicamente Irene, de la nada. No podría haber encontrado una mejor guía para iniciarse en sus búsquedas.

En estos meses su amistad la ha ayudado a conocer las bellezas ocultas de la Antigüedad, y a disfrutar de la alegría del pueblo tunecino. Han recorrido juntas las ruinas de la antigua Cartago, el anfiteatro romano, el Museo del Bardo, la antigua mezquita Ezzitouna, en el corazón de la antigua Medina de Túnez. También han participado de numerosas comidas y eventos sociales en la embajada. Allí conoció al Pére Blanc Ferron y a muchas otras personalidades del mundo de la cultura provenientes de todo el mundo, adquiriendo información y puntos de vista absolutamente originales para ella.

—Te voy a extrañar Mariana.

—Yo también. Agradezco tanto tu generosidad y tu calidez Irene. Compartiste conmigo tu casa, tu vida y tu sabiduría. Nunca lo voy a olvidar.

—Para mí ha sido un verdadero placer tenerte con nosotros, podés volver aquí cuando quieras, adonde sea que me lleve el destino diplomático.

—Por supuesto, vos también estás más que invitada a venir a Nueva York cuando quieras, y por el tiempo que sea. Mi casa es tu casa.

—¿Qué vas a hacer con Nicolás?

Mariana responde con un suspiro mientras acomoda su último *sweater* en el bolso.

—No lo sé, todavía no lo sé. No estoy lista para volver. Pienso viajar unos meses más, recorrer Egipto y Grecia... Cuando vuelva, veré qué hago. Hoy por la mañana hablé con Nicolás y se lo dije.

—¿Qué te dijo?

—Que me espera. Que me ama. Que nuestra casa está intacta, lista para cuando yo vuelva. Debo confesar que no pude evitar sentir un enorme alivio.

—¿Sigue con Muriel?

—Sí. Sigue. Nicolás es un hombre muy especial Irene. Yo entiendo que es difícil comprender nuestra relación, ni yo misma la entiendo. Pero me voy a dejar guiar por mi corazón, no por mi cabeza. No estoy lista para volver, es verdad, pero por lo menos siento que ya no estoy escapando. Inicié este viaje escapando del dolor, buscando tomar distancia y anestesiarme, lastimarlo. Chantajearlo con mi ausencia para que la deje, y que me elija. No sé cómo sobreviví a ese primer mes en Frankfurt, te juro. Pero ahora estoy encontrándole un nuevo sentido a este viaje. Siento que está nutriendo raíces desconocidas, me siento libre, liviana. Descubrí que puedo vivir con lo que me entra en estas valijas, que no necesito la mayoría de las cosas que hace seis meses creía indispensables... Incluso a Nicolás. Lo amo como no amé a nadie en mi vida, eso no ha cambiado, ni creo que cambie. Pero comprobé que puedo vivir sin él, aunque no quiera hacerlo... —Se queda mirando el Mediterráneo unos instantes—. No sé, ya veremos...

—Exacto, no te apures. Por ahora disfrutá del maravilloso viaje que estás haciendo, del enigmático Egipto, y después verás cómo decantan las cosas cuando vuelvas a New York.

—Gracias Irene, fuiste como un ángel de la guarda guiando mi camino. A pesar de tu juventud, me hiciste sentir protegida.

—Y vos sos la primera amiga argentina con la que tengo real afinidad en estos años. Un poco la madre que me falta, o la hermana que no tuve. No sabés lo que significa eso para mí.

Se enlazan en un cálido abrazo de ojos húmedos.

15

EGIPTO, 2 DE MARZO DE 1999, 2:28 P.M. MUSEO DEL CAIRO

"…un secreto que él ni siquiera sospecha y que le será revelado oportunamente, en pocos días".

Allí donde cae el sol, al oeste del río Nilo, se erigen imponentes e incólumes ante al paso del tiempo las tumbas de los innumerables faraones de las distintas dinastías. Sobreviviendo a pesar de los saqueos, las guerras y las tragedias que han azotado a la humanidad en los últimos milenios. Testimonios imponentes de una civilización que floreció y pereció, dejando una huella invaluable tras de sí.

Mariana ha recorrido el norte del país impactada, sorprendida a pesar de la anticipación. Nada podía prepararla para esto.Se ha dejado embargar por la emoción ante la imponente pirámide de Keops, del tamaño de una montaña; y frente al silencio sagrado dentro de la pirámide de Unas. Ha recorrido infinidad de templos a lo largo de las costas del Nilo, impregnándose de su belleza y navegando sus antiquísimos misterios.

En este momento se halla en el Museo del Cairo, acompañada por un grupo de turistas. El guía, Mohamed, señala los rollos de papiro del Libro de los Muertos desplegados a lo largo de incontables metros en una antigua vitrina. Sus inscripciones son bellas e imposibles de descifrar.

Mohamed recita de forma mecánica el discurso que vienen repitiendo él, su padre y sus ancestros desde hace siglos. De tanto repetirlo algo de él se le ha velado, y ya no se escucha a sí mismo al decirlo.

Sin embargo Mariana sí lo escucha, para ella es fascinante, maravillosamente nuevo. Absorbe cada palabra como si fuera oro líquido.

—Aquí están representados los textos del Libro de los Muertos, que describen el ritual y los pasos a ser seguidos por los difuntos para alcanzar la vida eterna después de morir. El libro era colocado entre los vendajes de la momia cerca del corazón, lugar donde ellos creían que se aloja el alma. En él se describían los hechizos, las oraciones mágicas, los himnos y las letanías adecuadas para ayudar al muerto, que en esta liturgia era guiado por Anubis, el Dios con cabeza de chacal, hacia la Sala de las dos Verdades o de la Pesada del Alma. Allí su corazón era pesado en la balanza de la justicia por la Diosa Maat para determinar si había obrado con justicia y responsabilidad en su vida. Como contrapeso en la balanza donde se pesaba el corazón del difunto, o sea su alma, la Diosa colocaba la pluma de avestruz que habitualmente adornaba su cabeza. El corazón no debía pesar más que la pluma de la verdad para que el alma del mismo fuera merecedora de la vida en el más allá. De no ser así, la misma sería devorada por una serpiente proveniente del inframundo volviendo así al estado del no ser de las aguas primordiales. Si lograba superar la prueba de la balanza el difunto era acompañado por Horus, el Dios con cabeza de halcón, hacia la presencia de Osiris, el Dios de los muertos. Él era quien se ocupaba de darle la bienvenida en el mundo de la inmortalidad.

Mariana observa los antiquísimos rollos con una mano sobre su corazón. Mohamed la mira de reojo. Se siente inmediatamente atraído por este gesto. Y por su mirada de aguas claras. Al terminar el recorrido se acerca a ella inclinando su cabeza y bajando la mirada. Con marcado acento árabe, le pregunta en voz baja: —Señora, disculpe el atrevimiento, si la molesto me retiro. Pero no he podido evitar notar su emoción mientras hablaba, y me ha conmovido. Quería mencionarle que mañana estoy llevando un contingente de alemanes a un espectáculo que

se realizará pasado mañana en el Templo de la Reina Hatshepsut, en Deir al Baheiri. Es una oportunidad única. —Su voz va
tomando confianza. La sonrisa y la mirada suave de Mariana lo
estimulan a seguir—. Quería ofrecerle un lugar. Es la representación de la ópera *Aida*, de Giuseppe Verdi. Se estrenó aquí en
el Cairo hace ciento veinticinco años para la inauguración del
canal de Suez, y se representará nuevamente frente al Templo al
aire libre. Es un espectáculo maravilloso, muy exclusivo, y que
ha generado muchas expectativas.

—Sí, por supuesto que estoy al tanto de este evento. Es un
gran acontecimiento, y por lo que tenía entendido ya era imposible conseguir entradas.

—Es verdad, pero un miembro de mi contingente se enfermó
y no podrá asistir. Me gustaría ofrecerle su lugar. Los boletos
están agotados hace meses. Usted me ha parecido una dama
sensible y refinada, y pienso que podría apreciarlo mucho.

Mariana duda. Mohamed la ha tomado por sorpresa. Este
cambio de rumbo no estaba en sus planes. Pensaba visitar Alejandría en estos días, la ciudad sobre el Mediterráneo que antaño
alojara la célebre biblioteca. Pero por otro lado la oportunidad le
resulta maravillosa. La historia de amor entre Aida y Radamés
siempre la ha conmovido, y la posibilidad de presenciar esta obra
en el mismísimo Egipto le parece un privilegio, un ofrecimiento
imposible de rechazar.

—Gracias por su generosa oferta... ¿Cuál es su nombre? —pregunta Mariana sonriendo.

—Mohamed —dice el hombre, sonriendo a su vez. Una sonrisa encantadora. La sonrisa tierna de un hombre que conserva el
corazón de un niño. Un hombre sin edad. Mariana le extiende
una mano en gesto amistoso.

Ahora es Mohamed quien duda. Se toman de las manos en
un apretón resbaladizo y flojo.

—Buenas tardes Mohamed, soy Mariana. Le agradezco mucho el ofrecimiento. Yo pensaba ir mañana a Alejandría, pero

soy una persona abierta a los cambios, y esta es una oportunidad muy tentadora. Así que la acepto y le agradezco. Ahora, si me permite la curiosidad, ¿por qué se le ocurrió ofrecerme a mí esta extraordinaria posibilidad?

—En realidad no lo sé. Como le dije, me parece que usted es una dama refinada y sensible, que iba a saber apreciarla.

—Gracias Mohamed... Acepto feliz. —Para sellar el acuerdo vuelve a extender su mano bien abierta. Esta vez él la toma sin dudarlo.

—¿Cómo serían los pasos para llegar hasta allí?

—Deir al Baheiri queda en el sur, cerca de Luxor, la antigua Tebas. Estamos viajando con el grupo mañana a media mañana para llegar hasta Luxor en avión, y luego para la representación nos dirigimos en un bus privado hasta Deir al Baheiri. El alojamiento y los medios de transportes están incluidos en el precio final. ¿No quiere saber el precio? —pregunta sorprendido ante la confianza ciega de Mariana.

Resuelven los detalles. Dinero, horarios, otros cosas. Se despiden con la consigna de encontrarse en el *lobby* del hotel Europa mañana por la mañana, a las seis en punto.

Mohamed aún no sabe que este encuentro ante el Libro de los Muertos no es fortuito. Que la atracción irresistible que ha experimentado hacia Mariana tiene un sentido profundo y desconocido.

Un secreto que le será revelado oportunamente, en pocos días.

16

EGIPTO, 4 DE MARZO DE 1999, 10:14 A.M.
TEMPLO DE HATSHEPSUT

"Mohamed acompaña cada una de sus lágrimas".

Mientras Mariana se conmueve ante el cuarto acto de la ópera *Aida* Mohamed la observa en silencio. Ella no lo nota, ya que mantiene una distancia prudencial. Como un fantasma tembloroso, escondido entre la muchedumbre, él la observa con los ojos brillosos por el llanto.

El escenario es imponente. El templo de Hatshepsut iluminado como telón de fondo le otorga a la obra una magnificencia y una magia inusuales. Compartir la noche bajo las estrellas sumado al viento del desierto acariciándoles los rostros genera en el público una sensación de comunión muy particular.

Amneris, la hija del rey de Egipto, le suplica a Radamés que renuncie a Aida. Él se niega. Acaba de enterarse que Aida (la princesa etíope transformada en esclava por los egipcios, y de quien está perdidamente enamorado) se ha salvado, y ha logrado huir. Solamente eso le importa, que ella sea libre. A él sólo le resta morir.

Irreparablemente enamorada de este apuesto capitán de la guardia egipcia, Amneris le dice que si promete amarla y olvidar a Aida ella puede interceder por él, y salvarlo de la condena a la cual está a punto de ser arrojado. Radamés se niega. Furiosa y despechada Amneris lo entrega al sumo sacerdote Ramfis para que sea juzgado por traición a la patria.

Segundos después de hacerlo se arrepiente.

—¡Ah! Me siento morir. ¿Quién lo salvará ahora? ¡Yo misma

lo he puesto en sus manos! ¡Ahora os maldigo celos atroces, que firmasteis su muerte y habéis causado el luto eterno de mi corazón! ¡Yo misma lo he puesto en sus manos! Lo he entregado... ¡Yo misma! —canta con pasión la mezzosoprano, mientras los guardias se llevan a Radamés.

A medida que el juicio avanza Radamés no se defiende de las acusaciones. Se mantiene callado, mientras Amneris suplica piedad para su amado: —¡Él es inocente, salvadlo oh dioses, desesperado es mi dolor, piedad, piedad, él es inocente, salvadlo!—.

Ante el silencio de Radamés Ramfis concluye: —Reveló secretos de la patria al extranjero, renegó de la patria y del honor del rey, desertó del campo de batalla ¡tendrá la muerte de los infames! ¡Bajo el altar del Dios ofendido será enterrado vivo en una cripta sellada!—.

Amneris cae de rodillas —¡Que una maldición caiga sobre vosotros, tigres despiadados, sedientos de sangre, que castigáis al inocente! ¡Que junto con su sangre, la maldición de este corazón destrozado caiga sobre vosotros!—.

El coro responde: —Traidor, traidor, traidor... ¡Morirá!—. Amneris baja su cabeza y llora.

Fin de la primera parte del cuarto acto. Se apagan las luces.

Mariana tiembla de emoción. Mohamed se acerca entre la gente amparado por la oscuridad. Se acomoda cerca.

Las luces vuelven a encenderse e iluminan a Radamés en la cripta. Final del cuarto y último acto. El guerrero caído en desgracia está despidiéndose de su vida y deseando larga vida para su amada cuando descubre que dentro de la cripta, cobijada entre las sombras, Aida lo espera escondida para morir junto a él.

Los amantes se abrazan e intercambian palabras de amor. Se disponen a morir juntos. Se despiden en un dueto en el cual invocan la protección de los dioses: "Oh tierra adiós. Adiós valle de lágrimas, sueño de alegría condenado al fracaso. El cielo se abra para nosotros. Y nuestras almas, errantes, vuelen hacia la luz del día eterno. Oh tierra adiós, adiós, adiós...".

Mientras los protagonistas mueren enlazados Amneris suplica por el alma de Radamés sobre su cripta, sin sospechar que Aida yace junto a él. —Imploro por tu paz, oh muerto adorado. Que Isis aplacada te reciba en el más allá—. La ignorancia es su consuelo.

Los sacerdotes y las sacerdotisas proclaman al unísono —Nosotros te invocamos ¡Oh inmenso Ftlá!—.

Así termina la obra. Con el clamor del público enardecido y Mariana enmudecida, con un nudo en la garganta.

Mohamed acompaña cada una de sus lágrimas.

17

EGIPTO, 8 DE MARZO DE 1999, 7:00 A.M.
CAMINO HACIA DEIR AL BAHEIRI

"…estar entre los primeros definirá sus destinos".

Mientras el guía relata para el grupo la historia de la única faraona mujer del Imperio Nuevo, la mítica Hatshepsut, Mariana observa por la ventanilla del micro el paisaje. No puede evitar sentir que Mohamed le está hablando a ella, y eso la inquieta. Le cuesta sostenerle la mirada.

—Luego de la maravillosa experiencia de presenciar la ópera *Aida* frente al templo de Hatshepsut hoy tendremos la oportunidad de conocer el templo de día, y desde adentro —Mohamed parece entusiasmado—. Hatshepsut, hija de Tutmosis I, reinó entre el año mil cuatrocientos setenta y nueve a. C. y el mil cuatrocientos cincuenta y ocho, en el alto y el bajo Egipto. Asumió el poder ante la muerte de su esposo Tutmosis II, ya que sus descendientes eran aún pequeños. Reinó durante veintiún años consolidando durante su próspero mandato la más poderosa dinastía de faraones que tuvo el reino: el llamado Imperio Nuevo, la época de mayor esplendor de Egipto, con faraones como Tutmosis III y Akhenaton. Como ya saben las temperaturas pueden llegar a ser muy elevadas en esta región, por lo tanto comenzaremos bien temprano. La afluencia de turistas de todas partes del mundo después de la representación de *Aida* noches atrás se ha vuelto enorme, así que intentaremos ser los primeros en ingresar, y mantenernos unidos.

El micro llega a Deir al Baheiri. El grupo desciende rápidamente. Volver a ver el templo de día y conocerlo por dentro los entusiasma a todos, y la sugerencia de Mohamed de mantenerse unidos y ser los primeros en entrar los motiva. Ya llevan varios días compartiendo experiencias, y esto ha consolidado el alma grupal. Mohamed funciona como un líder nato a quien respetan y escuchan. Tiene un talento extraordinario para hacer de un grupo de desconocidos, uno de amigo. En pocos días.

Se dirigen hacia la explanada de ingreso al templo sin sospechar lo que les espera; hasta qué punto esta inocente sugerencia de estar entre los primeros definirá sus destinos.

18

EGIPTO, 8 DE MARZO DE 1999, 7:45 A.M.
TEMPLO DE HATSHEPSUT

> *"…los pensamientos se suceden*
> *en las mentes aterradas de las víctimas".*

El grupo de terroristas islámicos acaba de llegar al templo de Hatshepsut en taxi, camuflado como turistas. Es un comando integrista conformado por seis hombres dispuestos a todo, incluso a entregar sus vidas. Traen armas de fuego en sus pantorrillas, afilados cuchillos y la insaciable sed de la venganza.

Se dirigen hacia el ingreso al templo para atacar de improviso a los dos guardias que custodian la entrada degollándolos de un solo tajo, decidido y profundo. Les arrebatan las armas automáticas, se colocan vinchas rojas con consignas integristas en la frente para identificarse, y se dividen en dos grupos. Los movimientos son tan rápidos y precisos que nadie atina a reaccionar. La mitad se dirige hacia el interior del templo, y la otra mitad se queda en la explanada de ingreso al mismo. Son las ocho menos cuarto de la mañana. El sol en lo alto comienza a picar. El aire es seco, y la arena del desierto juega indiferente con el viento.

Los turistas que circulan como hormigas se detienen paralizados al ver a los extremistas avanzar hacia ellos como en un sueño, o una pesadilla. "Esto no es cierto, esto no puede estar pasando" piensan algunos. "Esto es un sueño, un mal sueño. No voy a entrar en pánico, voy a despertar". "Dios mío, la peor de mis pesadillas se está haciendo realidad, estos hijos de puta… enfermos mentales" piensan otros. "No estoy listo para esto, no estoy listo para morir de esta manera". "No puede ser que me vaya a morir así, no yo. No hoy..." se dicen muchos. "No me despedí... Tengo que despedirme" piensan prácticamente todos.

Mientras los pensamientos se suceden en las mentes aterradas de las víctimas los asesinos comienzan a disparar sobre la multitud, sin piedad. Para ellos no son personas; son blancos móviles que hay que eliminar, la mayor cantidad, y lo más rápidamente posible. El mundo tiene que escuchar el mensaje, y la única manera de lograrlo es llamando su atención así, contundentemente. De la misma manera que no hubo piedad para sus compañeros condenados a muerte, no habrá piedad para ellos. Los occidentales, con su falta de valores y comprensión de las leyes de Allah, son tan culpables como este presidente ateo al que hay que derrocar. "Es necesario restaurar el orden divino y eliminar el caos de nuestra tierra. De una vez por todas". Este es el lema que los une, y que repiten como autómatas.

Siglos y siglos de confusiones y malos entendidos en la búsqueda por La Verdad generan pueblos cegados y perdidos. Perpetuando guerras, dolores y hambre. Hasta el hartazgo mutuo.

En su búsqueda por comprender y retratar la Antigüedad Mariana se encuentra atrapada caprichosamente dentro de una de sus múltiples derivaciones.

El triste malentendido que nació en la cuna de esta civilización y que dice que el mal está afuera (que hay que luchar contra él afuera de uno mismo) acaba de tomarla entre sus garras.

Garras de acero.

19

Egipto, 8 de marzo de 1999, 7:58 a.m.
Templo de Hatshepsut

"…nuestra humanidad perdida".

Mohamed corre hacia Mariana. Todo sucede muy rápidamente. Los disparos, los gritos desesperados, el eco proveniente de las montañas que rodean al templo y multiplican el espanto. La confusión generalizada. La rodea con sus brazos protegiendo su espalda y guiándola tras las columnas del templo. Las columnas están milagrosamente cerca dándoles cobijo y ubicándolos fuera de la mira de los asesinos. Un providencial refugio. El grupo de alemanes los sigue guareciéndose junto a ellos.

Desde allí, estremecidos, serán los testigos de la vil masacre, de nuestra humanidad perdida.

20

EGIPTO, 8 DE MARZO DE 1999, 7:58 A.M.
TEMPLO DE HATSHEPSUT

"...y como perros enceguecidos y adictos siguen su camino".

La lluvia de balas besa a quien tiene que besar, hermanando a los que comparten el mismo destino, morir hoy. No importa la nacionalidad, ni la edad, el estatus social o los logros en la vida. Los cuerpos caen.

Un grupo de suizos intenta correr hacia el estacionamiento para refugiarse tras un micro, y son acribillados por la espalda. Una pareja de recién casados japoneses caen tomados de la mano y aferrados el uno al otro, mirándose en la caída. Caen niños con sus madres, jóvenes, ancianos. Los primeros en morir serán los afortunados. Los fanáticos se toman su tiempo con total impunidad. Luego de un aterrador silencio recargan sus armas y continúan con su razia. Desde el interior del templo también se oyen disparos y gritos.

Después de unos minutos los hombres agotan sus balas sobre la multitud. Transformados ya definitivamente en bestias, se abalanzan sobre los cadáveres con sus cuchillos en las manos para rematar a los vivos y mutilar a los muertos.

El grupo comando que operaba en el interior del templo sale para participar también de la carnicería. Al cruzar el umbral están tan deslumbrados con la ferocidad de la escena que no distinguen tras las columnas a Mariana y a su grupo rezando por el milagro y como perros enceguecidos y adictos siguen su camino.

Tan enjaulados como sus presas.

21

EGIPTO, 8 DE MARZO DE 1999, 8:10 A.M.
TEMPLO DE HATSHEPSUT

*"Este encuentro íntimo, pactado para los últimos instantes
de esta vida, tiene raíces profundas y desconocidas".*

Mariana sostiene a Mohamed que yace herido sobre ella. Un charco de sangre tibia colorea su falda preferida. En la huida una bala le atravesó el intestino, y agoniza. Se desangra en sus brazos. Mariana sabe que esta bala estaba destinada a ella, y que para protegerla Mohamed se interpuso en su camino. La embargan una mezcla de remordimiento, con temor y gratitud.

Lo mira, le acaricia el pelo, le sonríe dulcemente mientras le sostiene la cabeza. Él intenta hablar, pero le faltan las fuerzas. Ella le cierra la boca con los labios.

Se miran.

Él distingue en sus ojos el secreto. Descifra el misterio. Ella es la partera que lo conducirá hacia el más allá guiándolo hacia el otro mundo. La Diosa protectora. La sacerdotisa. Acogido entre sus brazos, anestesiado por la inminencia de la muerte. Su guía.

No podría haber elegido mejor despedida.

Este encuentro íntimo, pactado para los últimos instantes de esta vida, tiene raíces profundas y desconocidas.

22

EGIPTO, 8 DE MARZO DE 1999, 8:12 A.M.
TEMPLO DE HATSHEPSUT

"…pequeñas escenas escondidas en el fango. Diamantes,
perdidos, brillando en la oscuridad".

Mientras los asesinos se concentran en su sanguinaria labor y las víctimas en escapar, Mariana y Mohamed están ocupados en la extraordinaria tarea de salvarse el uno al otro. Mariana tendiéndole un puente hacia el más allá, Mohamed regalándole su amor blanco.

Los ecos, los disparos y los gemidos desaparecen. Ella sólo escucha su respiración entrecortada extinguiéndose en sus brazos. Durante unos minutos olvida que su propia vida corre peligro. Ya no registra al grupo de alemanes que los rodea, ni el horror hermanándolos. Sólo existen la sonrisa cansada y triste de él, y esta comunión inesperada.

Escenas, pequeñas escenas escondidas en el fango.
Diamantes, perdidos, brillando en la oscuridad.

23

EGIPTO, 8 DE MARZO DE 1999, 8:30 A.M.
TEMPLO DE HATSHEPSUT

"El espanto nos iguala".

Las montañas que rodean el templo observan impávidas la escena. La policía tarda en llegar, y cuando finalmente arriba el enfrentamiento es atroz. El grupo que operó en el interior del templo conserva un arsenal de balas que planea usar hasta el final.

Los terroristas se dirigen hacia un micro estacionado cerca para tomarlo y escapar. Dentro de él cuatro ancianos se refugian del infierno escondiéndose bajo los asientos, pero el infierno los alcanza.

Todo sucede en cuestión de minutos. Los terroristas bañados en sangre se apoderan el micro y comienzan la frenética huida. Los ancianos rezan.

Antoine tiene ochenta años, ojos azules y cansados. Toma de la mano a su esposa Marguerite y le dice en un susurro: "Hemos tenido una vida larga y plena mi amor, no tengas miedo, nos iremos juntos". Marguerite tiembla y le responde con una sonrisa que se transforma en una mueca. La muerte los encontrará juntos y sin deudas.

En su huida los criminales continúan disparando hacia los puestos y las tiendas al borde del camino. La policía responde con una balacera que aniquila sin proponérselo a los ancianos, y lastima a uno de los asesinos en la pierna. Los extremistas deciden escapar a pie, ya que han cortado la ruta.

Detienen el micro, se miran, dudan respecto a qué hacer con el compañero herido. Él les grita, dándoles coraje: —¡No sean cobardes carajo! ¡Háganlo, ya! ¡En nombre de Allah!— y muere en el preciso instante en que la bala amiga atraviesa su corazón.

Emprenden la huida entre las callejuelas y los puestos caídos. Corren por sus vidas, pero a los pocos pasos la muerte también los alcanza a ellos.

En total son setenta y tres las almas liberadas de sus cuerpos. Al mediodía los cadáveres de los asesinos serán cargados por la policía rumbo a las ambulancias en camillas. Enardecidos, los sobrevivientes se acercarán escupiéndolos con desprecio y gritando desaforados: —¡Muerte a los asesinos!—

El espanto nos iguala.

24

EGIPTO, 8 DE MARZO DE 1999, 8:45 A.M.
TEMPLO DE HATSHEPSUT

*"…las lágrimas que caen por sus mejillas
se mezclan con la sangre derramada…"*.

Llega la ambulancia. Rescatan a los heridos, levantan los cuerpos de los muertos.

Mariana está en estado de *shock*. No puede hablar. Cuando el grupo de paramédicos intenta arrebatar el cuerpo sin vida de Mohamed de sus brazos ella se aferra a él y se niega a soltarlo. El hombre de delantal comprende lo que está pasando y no insiste, se aleja para socorrer a otros heridos y volver luego.

Entonces Mariana llora. Las lágrimas en sus mejillas se mezclan con la sangre derramada generando un río rojizo y melancólico. Siniestro.

No hay palabras para retratar tanto horror.

25

Nueva York, 8 de marzo de 1999, 6:00 p.m.

> *"…la mira perplejo.*
> *Siente un escalofrío recorriéndole la espalda…".*

Cuando Nicolás escucha en la televisión las noticias del atentado no lo duda un instante, intuye que Mariana estuvo allí y que ha llegado el momento de ir a buscarla.

No mencionan la muerte de una argentina, y eso lo tranquiliza. Pero la posibilidad de que esté herida lo atormenta. Se pone en contacto con la embajada para confirmar que esté sana y salva, y consigue un vuelo para esa misma noche.

El viaje se le hace eterno. La búsqueda en los hospitales se vuelve interminable hasta que finalmente la encuentra recostada en la cama de un hospital, sedada hace dos días. Tiene heridas leves en los brazos, pequeños moretones en la cara y raspaduras en las piernas. El resto de su cuerpo está intacto, pero su alma está extraviada, y la inocencia perdida.

—Mariana... Mi amor... Mi vida... —le susurra al oído mientras la acaricia dibujándole círculos con las yemas de sus dedos en un antebrazo—. Vine a buscarte amor, nos vamos a casa. Ya está, ni bien puedas te llevo de vuelta a casa. Quedate tranquila...

Mariana abre los ojos y lo mira. Tarda unos segundos en enfocar la mirada. Le cuesta orientarse y distinguir con claridad si está dentro de un sueño, y si el hombre que está ante ella es real. "¿Quién será?" —Se pregunta confundida. Tarda unos instantes en reconocerlo.

—¿Nicolás? —la confusión, los calmantes y el estrés posttraumático la hacen dudar.

—Sí mi amor, soy yo. Ni bien supe lo que te pasó me vine a Egipto a buscarte. —Hunde la cabeza en su regazo—. Estaba desesperado amor, creí que te había perdido. No te imaginás la felicidad que tengo de verte. Siento que me volvió el alma al cuerpo.

—¿Nicolás? —reitera ella, como si no lo estuviera escuchando. Él levanta la cabeza y la mira perplejo. Siente un escalofrío recorriéndole la espalda. Un rayo certero, infalible. Una descarga eléctrica atravesando su columna y expandiéndose por cada una de las células de su cuerpo.

Este es el comienzo de un arduo camino. Lo vislumbra.

Cierra los ojos y la toma de una mano aferrándose a ella.

En este instante se jura que jamás soltará esta mano, pase lo que pase.

Y no lo hará.

QUINTA PARTE

La despedida

1

NUEVA YORK, 1 DE MAYO DE 1999, 2:00 A.M.

"Triste y enigmática, ella le sonríe sin responder".

Mariana camina por el departamento descalza. Recorre sus ambientes tocándolo todo. Intenta reconocer el espacio, reencontrarse con su casa para reencontrarse así con quien supo ser. Huele los muebles.

Si bien estuvo ausente poco menos de seis meses, la sensación que tiene es de que partió hace años, y que nada de esto le pertenece.

Es de noche. La luz de la luna llena atraviesa el ventanal. Se detiene unos instantes para mirar el cuadro de la mujer alada colgado en el living y la descubre distinta, transformada. Como si las transmutaciones en su interior se estuvieran plasmando en ella, y estuviera viva. "Debo estar enloqueciendo" se dice. "Estas son cosas que pasan sólo en los libros, no en la vida real. Yo no soy Dorian Grey... Debe ser la oscuridad... O la luz de la luna que distorsiona las percepciones".

Se acerca para mirar en detalle los rasgos de su alter ego y sus impresiones se disipan. Fueron sutiles, duraron sólo unos segundos, pero lo suficiente como para inquietarla.

Nicolás ingresa por la puerta de cedro que conecta el living con el pasillo.

—Mi amor ¿qué hacés acá? Vení a la cama. —Se acerca a ella abrazándola por la espalda—. Te extraño. —Apoya una mejilla sobre su hombro desnudo— ¿Cuándo vas a volver a mí? Ya pasaron casi dos meses desde que volvimos de Egipto.

Mariana se da vuelta y lo mira. Acaricia su cara con el dorso de una mano y lo abraza.

—Perdoname amor, estoy buscando el camino, pero no lo encuentro. No hay caso che... No lo encuentro. Dame tiempo.

—Tranquila, tenemos todo el tiempo del mundo, toda la vida. —La abraza, y esta vez el abrazo se intensifica. Ella se aleja. Él insiste—. Dejame que te haga el amor Mariana, puede ayudar a reencontrarnos. No me sigas rechazando así, no te alejes de mí. Dejame que te mime, que te ayude a sanar esas heridas...

Ella lo mira con los ojos vidriosos y los cierra queriendo ocultar sus lágrimas. Él lleva los pulgares a sus parpados, y luego a su boca. Le besa los ojos, la frente, las mejillas. Desciende lentamente por su cuello hasta sus pechos.

La respiración de ella comienza a agitarse. Su cuerpo se expande y se entrega. Se aman dulcemente y con locura, como si fuera la primera vez.

—No voy a parar hasta encontrar el antídoto, vas a ver —dice él mientras recupera el aliento reclinándose sobre el sillón.

Triste y enigmática, ella le sonríe sin responder.

2

NUEVA YORK, VERANO Y OTOÑO DE 1999

"… se entrega a la dolorosa certeza de que esta mujer tiene lo que él necesita, y que ella jamás podrá darle…".

Los meses siguientes transcurren deslizándose naturalmente hacia un nuevo orden.

Mariana retoma su vida editando las fotos del viaje. Se encierra durante días en el cuarto oscuro para darle vida a las imágenes dejándose sorprender por su belleza. Algunas superan sus recuerdos. Siente un irrefrenable impulso por testimoniar lo vivido. Compartirlo. El resultado será un libro que verá la luz del día años después, cuando ella ya no esté en este mundo. Un poeta sensible y bondadoso le pondrá música a sus imágenes haciéndolas famosas.

Se emociona con las fotos de Mohamed en El Cairo. Rememora cada instante, y a la luz del desenlace resignifica el encuentro. Agradece.

Sonríe ante la mirada traslúcida de Irene mirándola desde la mesa del Bar de Nattes. La llama por teléfono para contarle lo ocurrido y ella se viene desde Túnez sin pensarlo dos veces. Recorren juntas Nueva York, pasean por Central Park, visitan museos. Una vez más Irene oficia de traductora del mundo antiguo, enseñándole a valorar esos pequeños detalles que nadie ve, y así, sumergiéndose en los sinuosos y largos pasillos, se escapan del presente.

Nicolás continúa con su éxito en la profesión, creciendo como hombre y como artista. Su relación con Muriel se afianza, transformándose en un vínculo inquebrantable. La música y los colores de ella son una brisa de aire fresco a los que no puede renunciar.

Además de ser una mujer bella y atractiva, Muriel posee una sabiduría fuera de lo común. Sus viajes por Latinoamérica (particularmente la América profunda) la han vuelto un espíritu libre, lo cual resulta un bálsamo para él. Un ser resonante y comprensivo con quien compartir el camino.

Mariana lo entiende así. Luego de luchar, retorcerse, medirse y compararse, lo acepta. Se entrega a la dolorosa certeza de que esta mujer tiene lo que él necesita, y que ella jamás podrá darle. Así, se corre a un costado sin retirarse. Dignamente.

Haciéndole un lugar a su enemiga.

3

Nueva York, diciembre de 1999

> *"…lo intuye desde la noche en que se amaron
> a la luz de la luna…"*.

Los síntomas de la enfermedad avanzan.

Nicolás intuye que algo no está bien desde un comienzo. Desde aquel inquietante encuentro tras el atentado, junto a la cama del hospital.

Mariana lo intuye desde la noche en que se amaron a la luz de la luna, ante la mujer del cuadro. Sus extrañas mutaciones le produjeron una perturbadora inquietud difícil de explicar. La sucesión de confusiones y desorientaciones posteriores la terminaron por convencer.

Poco a poco su conciencia se disuelve en un mar de olvidos, y la temida evidencia de que lo peor está sucediendo se vuelve irrefutable. La enfermedad la está tomando, devorándola por dentro. Sin remedio.

Ninguno de los dos quiere hablar de ello.

No aún.

4

NUEVA YORK, 28 DE FEBRERO DE 2000, 8:22 P.M.

"Siempre me dio miedo envejecer al lado tuyo,
pero además de vieja, encima gagá…".

Mariana y Nicolás se bañan juntos en el jacuzzi. El agua caliente los abraza y el baño de espuma los acaricia impregnándolos de un suave aroma a rosas. Hay velas encendidas. Inciensos. La música que llega del dormitorio es melodiosa. Nicolás juega con sus piernas a enlazar las piernas de ella.

—El marido de Muriel es uno de los mejores neurólogos del país amor. ¡No perdamos más tiempo! Tenemos que ir a verlo —dice con expresión seria, mientras se inclina para acariciar sus rodillas—. Ellos también tienen una pareja fuerte, él comprende mi relación con Muriel y ya no se opone. Muriel misma me dijo que te insista en que vayas a verlo. Es el mejor. Nos puede ayudar.

Mariana se sumerge en la tina hasta el mentón. Su pelo rubio flota en la espuma y su mirada se dirige hacia el agua cayendo del grifo. Después de un largo silencio habla.

—Okey Nicolás. Consultémoslo. Me pongo en tus manos. Me rindo. Yo creí que podría trascender todo esto sola, que estaba padeciendo un estrés postraumático severo, o una crisis emocional que con terapia podría mejorar. Pero los síntomas que tengo son demasiado contundentes. No lo entiendo, no puedo controlarlo y me da miedo, mucho miedo. —Lleva una mano hacia el chorro de agua caliente, como intentando asirse a ella. —La semana pasada no te lo conté, pero me perdí volviendo a casa. Estuve dando vueltas por la ciudad durante horas, no sé cuántas… Porque a veces también pierdo la noción del tiempo sabés... Fue una eternidad, aterrador te diría. De verdad aterrador...

Nicolás traga saliva y pone todo su empeño en mostrarse tranquilo. Se acerca y la abraza.

—No te preocupes mi amor, Eugene es uno de los mejores en su especialidad. —Le acomoda el pelo tras la espalda acariciándole los hombros y continúa con tono convincente—:

Te van a hacer todos los estudios necesarios para encontrar la causa de lo que te está pasando, y vamos a tratarla mi vida. Y a vencerla, obvio. Ya vas a ver, en poco tiempo vas a estar mejor.

Mariana le sonríe con dulzura y frunce la boca con una mueca. Mira la espuma y juega nerviosa con ella.

—Ojalá mi amor, ojalá. No quiero transformarme en una carga para vos, creo que esa sería la peor de mis pesadillas. Siempre me dio miedo envejecer al lado tuyo, pero además de vieja, encima gagá... ¡Es demasiado! —dice medio en broma, medio en serio intentando descomprimir la situación riéndose de sí misma.

—¡Pero no seas pavota amor! —Él le sonríe con esfuerzo dándole un beso en la frente—. Jamás serías una carga para mí. Estamos para acompañarnos en las buenas y en las malas ¿o no? Vos te sentirías igual que yo, y harías exactamente lo mismo por mí ¿o no?

—Sí, claro, pero es distinto...

—¿Cuál es la diferencia? ¿Por qué lo que aplica para vos no aplica para mí? No seas tan condescendiente con vos misma Mariana. Es un acto de soberbia no permitirte recibir lo que vos misma no dudarías un segundo en darme.

Ella se rinde y asiente con resignación. Se abrazan.

Mariana cierra los ojos y se aferra a sus brazos.

Nicolás fija su mirada en el agua, escondiendo las lágrimas.

5

NUEVA YORK, 22 DE MARZO DEL 2000, 4:22 P.M.

"…esta debilidad le otorga una renovada fortaleza a ella…".

A través del gran ventanal se pueden ver las copas de los árboles sacudiéndose al compás de la tormenta. El viento azota las ramas. La tenue luz de un velador intenta sin éxito compensar la oscuridad de una tarde demasiado oscura y cerrada. Mientras se acerca para saludarlos, Eugene observa atentamente a Nicolás y a Mariana que lo esperan sentados ante su escritorio de roble Eslavonia.

Él es un hombre serio y parco, y al mismo tiempo tierno y cálido. Comenzó siendo un intelectual recalcitrante, pero al encontrarse cara a cara con el misterio que atraviesa la ciencia supo desandar el camino. Después de años de dedicarse a minuciosos estudios sobre el sistema nervioso, se rindió ante la evidencia de que cada persona era un universo en sí misma que muchas veces respondía de manera aleatoria e incomprensible.

Su escritorio está cargado de libros. Una foto de Muriel riendo a carcajadas ocupa un lugar de privilegio. Muriel con su pelo rojo y sus rulos salvajes. Muriel con su sonrisa franca y atrevida. Su opuesto complementario, su musa, su motor, su vida. Ella es quien le aportó una comprensión profunda sobre los misterios de la vida y la espiritualidad, además de enseñarle a disfrutar del sexo y entregarse afectivamente como jamás lo había hecho con nadie.

Es alto, guapo, robusto. Usa lentes, conserva la totalidad de su cabello encanecido, y cuando atiende lleva puesto un guardapolvo blanco, aunque no esté en el hospital. Ronda los sesenta.

Luego de saludarlos y hacer los comentarios de rigor encara el tema que los convoca sin rodeos. Mariana le entrega el resultado de los estudios. Él los abre y sostiene el sobre con una mano mientras con la otra acerca los papeles al velador. Mariana y Nicolás aguardan la respuesta tomados de la mano.

Mariana se concentra en los movimientos de las copas de los árboles tras el ventanal dejándose llevar por ellos. Así se siente: como estos árboles, condenada a las arrasadoras fuerzas de la naturaleza.

Nicolás se concentra en el sobre, y luego en el rostro del hombre sentado frente a él. Intenta descifrar sus gestos (por imperceptibles que sean) para anticipar una respuesta. Ya olvidó el impacto de haber conocido a su rival. En este momento sólo espera la respuesta que definirá su destino. El foco de su atención y su mundo gira en torno a esos labios, y a esa respuesta. El suspenso lo está matando. Agarra la mano de Mariana, la siente fría. Ella le sonríe.

—Bueno... No tenemos buenas noticias —comienza Eugene—. Los resultados del estudio son confusos, poco claros. No arriban a un diagnóstico que nos permita encarar los síntomas con un tratamiento inmediato y efectivo. Tendremos que seguir investigando Mariana. Lo lamento muchísimo, yo hubiera querido poder tener una respuesta más concreta, pero no la tengo. —Su voz es envolvente, su mirada compasiva—. Pero seguiremos investigando, no nos daremos por vencidos. Muchas veces los casos difíciles de diagnosticar como estos se resuelven de un día para el otro. Hay que confiar, y ser perseverantes. Vamos a lograrlo—acentúa la última frase intentando trasmitir confianza.

Mariana y Nicolás se miran.

Por primera vez en muchos años Nicolás flaquea. Se larga a llorar. Mariana y Eugene lo miran sorprendidos.

Él se dice: "Tengo que controlarme, vamos boludo... No podés llorar así. Tenés que sostenerla, darle confianza, no mostrarle tu debilidad. Te necesita". Pero no lo logra. Las lágrimas caen en silencio, una tras otra. Siente que podría ahogarse en ellas.

Paradojalmente esta debilidad le otorga una renovada fortaleza a ella quien se aproxima a él para acariciarle las mejillas e intentar calmar su angustia. Se acerca a su oreja dulcemente, le susurra palabras al oído.

Eugene se retira silenciosamente para darles intimidad.

6

Nueva York, 14 de marzo de 2001, 3:12 p.m.

"...vas a tener que dejarme volar".

Ha pasado casi un año. Mariana y Nicolás descansan recostados sobre una colchoneta en la arena. Son las tres de la tarde. El sol del invierno los bendice a través de una frazada.

Mariana viste de negro. Nicolás de blanco. La posada en los Hamptons que eligieron para retirarse unos días es acogedora y pequeña. La colchoneta es cómoda, y los almohadones alrededor de ellos son mullidos y de varios colores.

Él mira el mar, ella el cielo.

La enfermedad ha avanzado. Mariana tiene períodos de lucidez y otros de confusión en los que su voluntad y su discernimiento se debilitan. Aprovechando este período de claridad en el cual está hace un par de semanas, le propuso a Nico esta escapada lejos de la ciudad para poder charlar con él tranquila. Necesitaba hablarle con sinceridad. Despedirse.

—Mi amor, estuve pensando. Sabés que los momentos en los que estoy lúcida son muy importantes, y tenemos que aprovecharlos. Nicolás cierra los ojos, sabe lo que se aproxima y no quiere encarar esta charla.

—Me estoy yendo Nicolás, no sé cuánto tiempo durará este proceso, pero los dos sabemos que no tiene remedio. Tenemos que enfrentarlo —Nicolás la mira en silencio. Suspira. Se sienta. Se acomoda sobre los almohadones y lleva sus dos manos hacia su rostro para recorrerlo con las yemas de los dedos deteniéndose en cada detalle. Mariana cierra los ojos y levanta ligeramente el mentón, entregándose a sus manos como un perro fiel y cansado. Así se quedarán, en silencio, absorbiendo este instante.

—Sos el paisaje más hermoso que jamás haya visto Mariana. Si te vas, el mundo se va a quedar vacío y sin sentido. No sé si puedo enfrentar eso... —Se larga a llorar hundiendo la cabeza en su regazo. Ella le acaricia el pelo mientras mira el mar, callada, sin una lágrima. La enfermedad y la inminencia del final le han dado una fortaleza que jamás ha tenido.

Espera a que se calme y le responde con voz tranquila:

—Sí que podés amor, claro que podés. Y lo vas a hacer. Vas a seguir regalándole al mundo tus maravillosos cuadros, y tu sensibilidad. Vas a atesorar los recuerdos que te habitan, y que construimos juntos. Porque somos esos recuerdos Nico. Somos juntos. Yo soy con vos. Somos la conciencia que podemos tener de esos recuerdos.

Certeras, sus palabras lo rodean. Cercándolo.

—Ahora que mi conciencia se está apagando, y mis recuerdos cada vez son más vagos y confusos, reflexiono mucho sobre esto. Cuando puedo pensar con claridad, claro. Reflexiono sobre quién soy realmente. Quién soy sin mis recuerdos. Donde habito. —Hace una larga pausa—. Por momentos quiero resistir, aferrarme a ellos. Tengo miedo. Siento que si pierdo estos recuerdos me pierdo a mí misma, y te pierdo. Pero no puedo controlarlo, se me escapan, se mezclan dentro mío. —Fija su mirada en el mar—. Sin embargo es raro, sabés, porque cuando logro controlar el miedo y me entrego a este extraño estado en el cual todo es silencio... no es tan desagradable después de todo. Es como entrar dentro de un sueño en el cual las cosas tienen un sentido más profundo. Un sentido que la conciencia no logra captar al despertar, pero sin embargo en el momento del sueño resulta clarísimo. Si disuelvo el miedo el sueño se vuelve agradable, en cambio si entro en él con resistencia se transforma en una pesadilla. Me negué toda la vida a entregarme a estos estados que no puedo controlar Nico, y ahora mi inconsciente me está obligando a hacerlo, por la fuerza. Como un amante despechado que está decidido a violarme, y del cual no voy a poder escapar. Aunque lo intente. —Mariana hace un silencio y mira el cielo, cuando vuelve su mirada a él sus ojos se han puesto vidriosos—.

He decidido que me voy a entregar sin luchar mi amor. No voy a permitir que la enfermedad me tome por la fuerza. Me voy a entregar a ella como si fuera una dócil doncella, abierta y dispuesta —sonríe con tristeza.

—No te entregues mi vida, no te entregues. Por favor te lo pido... —dice Nicolás desesperado, sin sonreírle de vuelta—. Si decidís quedarte, y resistir, tal vez los médicos encuentren la cura...

—¿Cuánto tiempo vamos a poder postergarlo Nico? Eventualmente me voy a tener que ir igual. Todos tendremos que irnos algún día... Y mi momento ha llegado, es hoy. No quiero que entiendas esta entrega como un fracaso, o un abandono. Simplemente es una batalla perdida antes de empezar. Y como dice la canción: nunca es triste la verdad, lo que no tiene es remedio. No me pidas que luche más allá de mis fuerzas. —Por primera vez se quiebra—. Por favor te lo pido, no me pidas eso...

—Perdoname amor, soy un egoísta, perdoname.

—Te entiendo mi vida, a mí me pasaría lo mismo. En esto cada uno tiene que hacer un aprendizaje, y yo confío plenamente en el tuyo, y en que tenés lo que necesitás para hacerlo. Siempre fuiste un hombre sabio, inteligente y generoso. Pero también sos humano. Lo entiendo.

Se queda mirando el horizonte unos instantes. Continúa:

—Cuando llegue el momento vas a tener que dejarme ir Nicolás. No me retengas. Vas a tener que confiar en que estoy encontrando mi camino, aunque lo que se vea desde afuera pueda parecer distinto, incluso ingrato. No sufras por mí. Yo ya tuve atisbos del paisaje, y te puedo asegurar que si me adentro en él sin miedo no es tan terrible. No quiero que sufras amor. Confiá en mi proceso, aunque no lo entiendas. Sentite libre para dejarme ir.

—Okey. Quiero que sepas que lo que vos decidas para mí va a estar bien.—Nicolás intenta recomponerse—. Aunque me cueste aceptarlo. Quiero acompañarte en esto como lo hice siempre. Es una prueba dolorosa Marian, pero tu confianza me tranquiliza. Creo que nunca te vi tan fuerte y confiada en la vida. Es increíble, y paradójico.

—Por eso quiero despedirme acá, hoy, que todavía estoy entera y lúcida. Cuando la enfermedad me tome definitivamente ya no voy a poder hacerlo, y no quiero perderme esta oportunidad de decirte cuánto te amo, y cuánto agradezco haberte conocido. Nada que ya no sepas, que no te haya dicho un millón de veces. Pero hoy necesito decírtelo como no te lo dije nunca antes. Lo agradecida que estoy de haber sido bendecida por tu amor. Estoy convencida de que pude transformarme en la mejor versión de mí misma gracias a vos. No tengo ni la más remota idea sobre dónde estaría, ni en quién me hubiera convertido sin vos. No puedo ni pensarlo. Lo que sí sé es que el resultado final de nuestro encuentro me gusta, y mucho. Que estoy orgullosa de nosotros.

Él se acerca y la abraza. El abrazo más tierno y sincero que un hombre jamás le haya dado a una mujer. Ella lo recibe con alegría.

—Pensar que eras tan joven cuando pintaste la mujer del cuadro, y sin embargo ya estabas tan conectado... Dibujaste mi futuro, me señalaste el camino. Me diste lo más valioso que podías darme, además de tu amor: me ayudaste a ser libre.

Le da un beso largo, sentido. Acaricia sus mejillas húmedas mirándolo a los ojos, llenándolos de confianza.

—Y ahora vas a tener que dejarme volar.

ÍNDICE

Agustina Lawson nació en Buenos Aires. Sus inicios estuvieron ligados a las búsquedas artísticas: la poesía y la danza. Estudió danzas contemporáneas en el Alvin Ailey American Dance Center, en Nueva York. Luego retornó a la Argentina, y a comienzos de los años noventa incursionó en el área de la salud mental ejerciendo como piscóloga clínica de adultos, actividad que realiza hasta la fecha. Terapeuta con orientación junguiana, se especializa en sueños y ensueños. Astróloga egresada de Casa XI, utiliza la carta natal como una valiosa herramienta en los procesos de autotransformación. Formada como psicodramatista con el Dr. Carlos María Menegazzo, coordina grupos de psicodrama asistiéndolo en sus grupos terapéuticos.

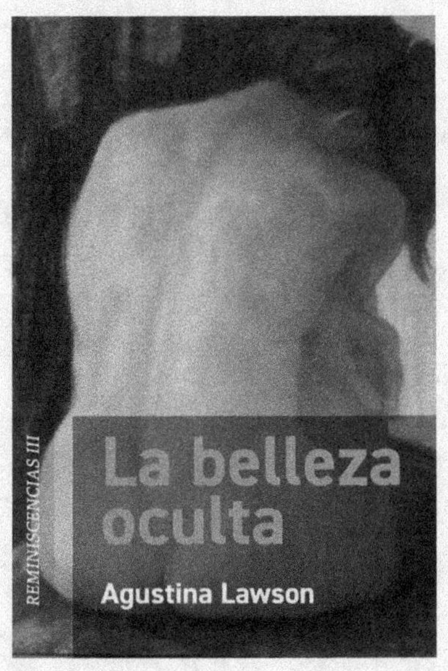

En este libro se utilizaron las tipografías

Garamond Premier Pro y Arno Pro.